तीसरी आँख

तीसरी आँख

लेखिका

सुषम बेदी

पराग प्रकाशन

ISBN– 978-81-7468-144-7

संस्करण

पुनर्मुद्रण, 2026

मूल्य

495.00 रुपये

प्रकाशक : पराग **प्रकाशन,** 33/1, भूलभुल्लैयाँ रोड, महरौली, नई दिल्ली–110030, फोन : 2664 3553, शब्द-संयोजन : पराग प्रिंटिंग सर्विस, नई दिल्ली–110048 द्वारा एवं बालाजी ऑफसेट, दिल्ली–110032 में मुद्रित।

Teesari Aankh

by Susham Bedi

अपने दिवंगत मित्र,
मनोविश्लेषक डॉ. प्रकाश देसाई को.......

अनुक्रम

तीसरी आँख

ताज महल होटल में अपने वातानुकूलित कमरे की आदमकद खिड़की से बाहर देखते हुए बहुत अजीब लग रहा था । यह होटल तो एकदम वही अमरीका या योरोप के किसी पांच सितारा होटल की तरह ही था। धौला कुआं भी वैसा धौला कुआं नहीं था जैसा मैंने 30–32 साल पहले जाना था । कितनी ही इमारतें खड़ी हो गयी हैं इस बीच । पर सामने फैली हरियाली मुझे अभी भी राजेन्द्र नगर से जोड़ने वाली लिंक रोड के घने जंगल की याद दिला रही थी । कितना डर लगता था रात को इस सड़क पर । उन दिनों राजेन्द्र नगर से आना होता तो पंचकुइयां रोड लेती, ताकि रोशन रास्ता हो ।

आज मुझे डर नहीं लग रहा था । अपने इस बहुत आरामदेह ढंग से गरम और व्यवस्थित कमरे में मैं बहुत ही सुरक्षित महसूस कर रही थी । पर मुझे यह भारत आने जैसा नहीं लग रहा था । वर्ना भाई या जिस किसी रिश्तेदार के घर रहती वहां जनवरी के महीने में ठिठुरती ही रहती । घर के अंदर भी कोट पहने और अक्सर बिस्तर में भी स्वेटर पहन के सोना पड़ता ।

तो यही है यहां की दूसरी दुनिया या कहूं पहली दुनिया ? यूं तो यहां दो से भी ज्यादा दुनियायें हैं । पर अब तक तो मैं पूरे भारत को एक ही दुनिया की तरह देखती रही थी, जिसमें कई तरह के रंग रूप थे । पर सब मिलाकर एक ही दुनिया बन जाती थी । इस बार ऐसा नहीं लगा । मैं हमेशा की तरह ही दिल्ली पहुंचने पर उत्साह से भरी हुई थी। घर लौटी हूं, मन उछलता था । यूं इस बार का आना और आनों की

तरह नहीं था । एक तरह से यह काम के लिये आना था । काम और घूमना दोनों ही या काम के बहाने से घूमना । पर फिर भी मैं तो मैं ही थी । होटल में पहुंचते ही रिसेप्शन पर सजी सजायी साड़ियों में लिपटी परिचारिकायें दिखीं तो अपन ने हिन्दी में बतियाना शुरू कर दिया । वह मेरा बड़ा अचूक तरीका होता था । खुद और दूसरों को अपनी खालिस भारतीयता जताने का या कहूं कि घर लौटने जैसा महसूस करने की अपनी जरूरत का । पर यहां तो सब मेरा मुंह ताक रहे थे और किसी बात का जवाब मिला भी तो अंग्रेजी में ही मिल रहा था । यूं तो पता लगा कि इन होटलकर्मियों को हिन्दी नहीं आती थी । या किसी-किसी को आती थी तो अमरीकी हिन्दुस्तानियों जैसी कि समझ तो लेते हैं पर बोल नहीं सकते या फिर आदत न होने की वजह से झिझकते हैं ।

तब अचानक मुझे भान हुआ कि मैं भारत की उस पहली (या दूसरी) दुनिया में हूं जहां भारत नहीं इंडिया बसता है और यह डेल्ही (दिल्ली) इस ग्लोबल दुनिया का कोई भी शहर हो सकता है जहां सिर्फ अंग्रेजी जानने से भी काम चल जाता है । यूं मैं थी भी अमरीकी लोगों के साथ । एक इतिहासकार के रूप में उनकी सलाहकार बनकर अमरीका से आयी थी । उनके इस भारत के ऐतिहासिक सांस्कृतिक दौरे में उनकी हर तरह की जिज्ञासाओं का समाधान करने के लिये एक फैकल्टी एडवाइज़र की तरह । पर मैं थी तो यहीं की उपज और यहीं का मानती थी खुद को । इससे अब तक अमरीका की नागरिकता भी हासिल नहीं की थी । मुझे अफसोस हुआ कि जहां तक भाषा का सवाल था वे सब मुझसे ज्यादा सुयोग्य थे और अपने सवालों को उन कर्मियों के आगे मुझसे ज्यादा सुभीते से रख सकते थे । यूं भी गोरी चमड़ी को यहां जीभर या उससे भी ज्यादा इज्जत बख्शी जाती थी । मुझे इस बात का भी अफसोस हुआ कि बेचारी कंपनी ने यूं ही मेरा खर्चा किया, वरना यह तो अमरीका के ही किसी हिस्से में जाने जैसा है ।

चलो न इतिहास तो नहीं जानते । वहां तो मेरा आना जस्टीफाईड होगा, मैंने खुद को तसल्ली दी । यूं दिल्ली के लिये लोकल गाइड तो था ही । वही हवाई अड्डे पर हमें लेने भी आया था पर मेरा काम कुछ

स्कालरली किस्म के भाषण देना था । घुमाना-फिराना, दिखाना गाइड के ही जिम्मे था । एक तरह से मैं उस अमरीकी ग्रुप का ही हिस्सा मान ली गयी थी और गाइड भारत का प्रतिनिधि था जो सारे इंतिजाम संभाल रहा था । मेरी भी देखभाल वही कर रहा था । यानी कि मैं अमरीकी प्रतिनिधि थी मगर शायद ऐसी प्रतिनिधि थी जो अमरीकियों के लिये भारतीय और भारतीयों के लिये अमरीकी थी । यानी कि दोनों तरफ के ही लोग मुझे अपना मानते थे या इससे उल्टा भी था और मैं किसी की भी विश्वासपात्र नहीं थी ।

पर मेरा रोल बिचौलिया या इंटरप्रेटर जैसा कुछ नहीं था । थी मैं एक प्रोफेसर सलाहकार ही, दुभाषिया नहीं । शायद मुझे खुद ही तय करना था कि मेरी भूमिका यहां क्या हो क्योंकि मेरी भूमिका क्या होगी, इसके लिये मुझे गाइडलाइन्स दी गयी थीं, हिदायतें नहीं । सो जैसे मुझे अपनी भूमिका निर्धारित करने में छूट थी वैसे ही सब अपनी-अपनी तरह से मेरी भूमिका की परिकल्पना करके वैसा ही मुझसे व्यवहार कर सकते थे, कर रहे थे ।

मुझे भी ठीक समझ नहीं आ रहा था कि इन सबके बीच मेरी स्थिति क्या है या होनी चाहिए । कभी गाइड के साथ हो जाती तो कभी उसका अमरीकी मेहमान बन जाती । या कभी इस बात पर नजर रखती कि जो वह मेरे अमरीकी साथियों को बता रहा है उसकी ऐतिह. ासिक मान्यता भी है या कि यूं ही गप मार रहा है । लेकिन दरअसल वह इतिहास में मास्टर्स किये था, शायद उसने मेरी शक्की निगाह को ताड़कर ही कहा था । इसके अलावा वह शायद नयी रिसर्च के बारे में भी कुछ जानकारी रखता ही था ।

वह पहली शाम थी, इसलिये खाली थी, सबको जेटलेग से जूझना था । मेरा एक लेक्चर अगली सुबह ही था जिसके तुरंत बाद हमको पुरानी दिल्ली की ओर चल देना था ।

पुरानी दिल्ली का सोच के ही रोमांच हो आता था । जब इसी शहर में कॉलेज में पढ़ती थी तो एक सहेली वहीं दरियागंज की गली में रहती थी । उसके घर अक्सर आना होता । मेरे दिमाग में गली की

तस्वीर ज्यों की त्यों छपी थी। जबकि अब वे लोग भी दक्षिण दिल्ली के किसी विहार में आकर बस चुके थे। उसी के साथ हम दरीबे और नयी सड़क जाया करते। कुछ फिल्में देखने भी हम पुरानी दिल्ली के फिल्मीस्तान जैसे सिनेमाओं में जा चुके थे। पर अब जब छुट्टी पर भारत आती तो अपने सीमित समय में नयी और दक्षिण दिल्ली के ही चक्कर लगाकर लौट जाती।

हमारे लिये एक बड़ी आरामदेह, नयी-नकोर-सी दिखने वाली टूरिस्ट बस ले ली गयी थी जिसकी खिड़कियों पर परदे लगे थे और सीटों पर राजसी नील वर्ण के गिलाफ चढ़े हुए थे। परदों का रंग भी मैचिंग था। बहुत आराम से बैठकर हम रिंग रोड लेकर लालकिले के इलाके में पहुंच गये। परिंदों के अस्पताल के ठीक सामने मेन सड़क पर हमें उतारा गया। इस अस्पताल में मैं कॉलेज के दिनों आ चुकी थी और यह भी याद था कि कैसे कबूतर मेरे कंधों पर आ-आ बैठते थे। अभी भी कंधों पर झुरझुरी-सी महसूस हुई और मन हुआ कि फिर से उन पंछियों के पंजों को अपनी त्वचा पर महसूस करूं। मेरे इस अनुभव का सुख क्या इन अमरीकियों को भी हो सकता है ? यूं तभी याद आया था जब एक बार अपने एक साथी प्रोफेसर की बेटी के साथ यूनिवर्सिटी कैम्पस पर कबूतरों के साथ खेल रही थी और मैं उस बच्ची के साथ बच्ची बनकर कबूतरों के झुंड के पीछे भाग रही थी उनको पकड़ने के लिये तो वह प्रोफेसर साथी बोली दे कैरी जर्मस ऑफ आल काइंडस ऑफ डिसीसेज़। डोंट गो नियर दीज पिजन्स। (ये कबूतर बहुत तरह की बीमारियों के कीटाणु लिये हैं, इनसे दूर रहिये।) ये लोग तो कीटाणुओं के अंदेशे से ठीक-ठाक जगहों में भी घबराते हैं तो अस्पताल का तो नाम भी नहीं लेना चाहिये, उन सबों में देखा जाय तो मुझे खुद को भी शामिल करना ही चाहिए था। यूं मेरे डर की डिग्री जरूर काफी कम होगी।

खैर वह अस्पताल हमारी आइटनरेरी में शामिल नहीं था।

गाइड ने बताया कि यहां से हमें रिक्शा में बैठकर जाना होगा क्योंकि चांदनी चौक में जामा मस्जिद तक की सारी सैर के लिये इस इलाके की

सड़कें हमारी आलीशान बस के लिये तंग पड़ेंगी। यूं सीसगंज गुरूद्वारे के सामने की सड़क देखकर हैरानी हुई जो खासी चौड़ी लग रही थी पर दरीबे वगैरह में सड़कें अब भी तंग गलियों-सी ही थी। खैर चूंकि रिक्शाओं को अच्छे-खासे पैसे देकर सब अमरीकियों को हिदायत दे दी गयी कि रिक्शा से नीचे नहीं उतरना है और यहां से चलकर पड़ाव जामा मस्जिद पर ही होगा। दो-दो लोग रिक्शा में बैठे और मैं गाइड के साथ। हमारा रिक्शा सबसे पीछे था ताकि गाइड सब पर आगे नजर रख सके।

नयी सड़क, किनारी बाजार से गुजरते हुए मैं सोच रही थी कि यूं तो कभी इस हिस्से में आती नहीं थी। बहुत अच्छा हुआ कि मेरी भी सैर हो गयी। पर वहीं उस सारे इलाके का एक सैरगाह बन जाना तकलीफ दे रहा था। हां वह पूरी जीवन पद्धति, खाली बैठे लोगों के समूह, या कुछ भीख मांगती औरतें और बच्चे, सड़क पर जमघट जमाये कौतूहल से ताकते लोग। यूं तो कुछ चमचमाती गोटे किनारियों वाली दुकानें खासा कौतूहल जगाती थीं। पर ज्यादातर छोटी-छोटी सामान से बुरी तरह से लदी दुकानें, रास्ते भर में बिछी खाने के सामान की रेढ़िया, पानी भरी नालियां, कचरे के जगह-जगह ढेर, धूल और मक्खियों की भरमार, जलेबी तलते हलवाई, या चने-भटूरे-टिकिया और भुनी शकरकंदी की चाट की छाबड़ियां, जहां पास ही झूठे पत्तलों और दोनों का भी अंबार लगता जाता, जिनमें जीभ मारती गायें, दुम हिलाते और भौंकते या सड़क के बीचों-बीच लेट धूप सेंकते कुत्ते, रास्ते भर पान की पीक थूकते और पांचवे स्वर में आवाजें देते बेपरवाह लोग जिनके लिये हमारा रिक्शा जुलूस एक तमाशा था। हम उनका तमाशा देख रहे थे, वे हमारा। और मैं डर रही थी कि कैसा खुला पड़ा है हमारा (यानी कि हम भारतीयों का) जीवन इन गलियों में। और यह सारी जीवन प्रणाली इन बाहर वालों के लिये एक टूरिस्टक अनुभव है। वे इस पर टिप्पणियां करेंगे, फिकरे कसेंगे! फिर हीट एंड डस्ट या एन एरिया आफ डार्कनैस जैसी किताबें लिखेंगे जिसमें पूरे के पूरे हिंन्दुस्तान को एक विशाल टट्टी घोषित कर दिया जायेगा। मैं उन सब की संवेदना

इंद्रियों के भीतर घुसकर उनकी प्रतिक्रियायें महसूस करने की कोशिश कर रही थी । यूं यह भी सही था कि मैं खुद भी गंदगी, बेपरवाही, संवेदनहीनता या भ्रष्टाचार जैसी चीजों के लिये भारत को कम गालियां नहीं देती थी । जिन गलियों में चलते हुए कूड़े पर कभी ध्यान भी न गया था और सब कुछ बहुत सहज होता था, अब वहां गंदगी और बदबू के सिवा कुछ न मिलता था । बहुत हद तक यह भी सच था कि मैं जब भी भारत आती तो यहां की व्यवस्था का जैसे इम्तहान ले रही होती । हर ओर संदेह की निगाह से देखना ! दिल्ली के आसमान पर कोहरा छाया होता तो लोगों और सरकार को पर्यावरण में प्रदूषण फैलाने की गालियां देती । या फलां काम रिश्वत देने से हुआ या अपने आप । सड़क पर गाड़ी चलाने वाले नियमों का पालन करते हैं या कि बेपरवाही से चलाते हैं । मुझे याद है एक बार चंडीगढ़ शताब्दी से जा रही थी तो जो सीट मुझे मिली उस पर कोई और मुसाफिर बैठा हुआ था । जब मैंने टिकट दिखायी तो वह व्यक्ति बोला यह तो कल की टिकट है । मैं कभी अपने मेजबान के नौकर को गाली देती जो टिकट लेने गया था और कभी रेलवे के टिकट क्लर्क को कि कितने लापरवाह हैं यहां के सारे काम करने वाले । उसका साहस कैसे हुआ कि मुझे कल की टिकट दे जबकि मैंने आज की कहा था । फिर तमतमाती हुई जब टिकट कंडक्टर को टिकट दिखायी तो उसने बताया कि मैं नंबर गलत पढ़ रही थी और मेरी सीट पर बड़े आदर से उसने मुझे पहुंचा दिया। तब बहुत शर्म आयी थी अपने आप पर । मैंने खुद को धिक्कारा भी कि लंबे समय तक अमरीका में रहकर मैं भी भारत को अमरीकी आंख से देखने लगी हूं । पर जब कुछ गलत होता हुआ देखती हूं तो मेरी पीड़ा उस मां की होती है जो अपने बच्चे को गलत काम करते हुए देख ले या फिर उस बच्चे की तरह जिस की मां के पुरातन किस्म के पहनावे और व्यवहार पर वह अपने दोस्तों के सामने शर्म महसूस करे (और मेरे ध्यान में भीष्म साहनी की कहानी चीफ की दावत आ गयी थी जहां बच्चे बूढ़ी मां को किसी गंदगी की तरह बॉस से छुपाकर रखते हैं क्योंकि वह उन की तरह आधुनिक नहीं है । इस तरह की

बातें मेरे साथ अमरीका में भी घट चुकी थीं जैसे कि जब अपनी छोटी बेटी को मैं स्कूल छोड़ने जाती और साड़ी पहने होती तो बच्ची जैसे मुझे कहीं छुपाकर रख देना चाहती थी क्योंकि बाकी मांओं के पहनावे या जिस्म के रंग मुझसे अलग थे। पर फिर मैं सोचती कि नहीं मैं सिर्फ अमरीकी आँख से देख ही नहीं सकती क्योंकि मेरी भारतीय आँख हमेशा खुली रहती है। यानी कि मैं अपने अमरीकी दृष्टिकोण की भी आलोचक बनी रहती हूं ताकि मैं अपने भारत के साथ कहीं अन्याय न कर दूं। इसलिये मेरी वे दोनों आँखें हमेशा मेरे साथ-साथ रहती हैं, बल्कि उनके साथ एक तीसरी आँख भी उग आयी है जो अमरीका और भारत के जीवन और जीवनदृष्टि के बीच कोई अदृश्य-सा संतुलन खोजती रहती है। यह तीसरी आँख शायद, क्या सही है या होनी चाहिए, की तलाश करती रहती है।

यह तीसरी आँख ही दरअसल मुझमें अजीब-सा असंतुलन भी पैदा कर देती है तब एक अनकही-सी पीड़ा भीतर से उठती है– काश कि मैं बस एक तरफ की होती। ये फालतू के द्वंद्व न होते ! जामा मस्जिद के सामने तरह-तरह की चीजें बिक रही थीं। गाइड ने सबको कहा कि अगर उनको कुछ खरीदना होगा तो वही सौदा कर देगा, वे लोग खुद ना ही करें। आखिर इस सौदेबाजी यानी कि बारगेनिंग के लिये भी हिन्दुस्तान बदनाम था। इसलिये गाइड को जो सही दाम लगता उसे तय करवा देता। फिर उसने सबको डालर रुपये का रेट भी समझाकर कहा कि सौ रुपये आपके लिये दो डालर होगा (यही उन दिनों का रेट था।)

जितना वैविध्य और भरमार मुझे बिक्री के सामान में दिखी वह भी हैरान कर देने वाली थी। हम जहां-जहां भी गये ढेरों बेचने वाले हमें घेर लेते। यह सामान बाहर से खूब रंगीन चमकता-दमकता होता पर होता घटिया क्वालिटी का और दाम मनमर्जी के ही होते।

यहां भी मैं कुछ पशोपेश में पड़ी। एक तरफ मुझे लगता कि ये मेरे देशवासी हैं अगर ये इन विदेशियों को बढ़ा-चढ़ा कर दाम बताते हैं तो क्यों नहीं इन्हीं से तो कमा सकते हैं। आम हिन्दुस्तानी तो भाव. तौल करके बेचारों को बहुत ही कम पैसा देता होगा या ये मांगते भी

कम होंगे, या वे खरीदते भी न होंगे । तब इन अमरीकियों को एक दो डालर ज्यादा देने में फर्क भी क्या पड़ेगा । पर वहीं यह भी लगता कि उनको बतलाऊं कि अभी होटल में जाकर ही यह सब टूटकर खत्म हो जायेगा। पर्स है तो उसकी जिप दो रोज में खराब हो जायेगी, चांदी-सा चमकता हार है तो कल को काला पड़ जायेगा सो इसे चांदी समझ के तो न खरीदें, वगैरह । मुझे लगता कि इनके प्रति मेरी जिम्मेदारी है कि मैं ठीक सलाह दूं कि आप लोग सही दुकान से ही सामान खरीदिये । पर कुछ चीजें ऐसी भी होती हैं जो कि इन्हीं जगहों पर मिलती हैं । आम दुकानों पर नहीं मिलती या अपने सीमित समय में ये कहां खोजेंगे ऐसी चीजें जो इनको पसंद आ गयी हैं जैसे कि हमारे साथ आयी एक महिला को एक सपेरे की पिटारी जैसा खिलौना बहुत भा गया था । उस छोटे से बांस के पिटारे को खोलते ही प्लास्टिक का काला सांप फन उठाकर बाहर निकल आता । गाइड ने उसका सौदा करा दिया और उस महिला ने उसे खरीदकर बड़े प्यार से संभाल लिया । वह बोली मेरी बूढ़ी मां को सांपों का बहुत शौक है, उसे यह खिलौना बहुत पसंद आयेगा । सांप का नाच वह देख चुकी थी जिसकी तस्वीरें भी खूब सारी खींची थी अपनी मां को दिखाने के लिये ।

जब हम जयपुर गये तो गाइड हमें बड़ी-बड़ी गहनों और गलीचों, मिट्टी के चित्रकारी किये बर्तनों और कपड़ों की दुकानों पर भी ले गया। मुझे हर जगह दाम खूब महंगे लगे पर सोचा कि भारत में मुद्रास्फीति भी तो बढ़ती ही रहती है । दाम बढ़ गये होंगे । मैं भी अमरीकी दाम पर कुछ-न-कुछ खरीदती रही कि यह न हो कि बाद में खरीदारी का समय ही न मिले । फिर एक कपड़ों की दुकान पर मैंने अपने हिन्दुस्तानी होने के नाते अलग से एक सेल्समैन से बात करके दाम कम करने को कहा । यह भी बताया कि मैं तो जानती हूं कि भारत में कीमतें क्या या कैसी होती हैं ? आप लोगों ने तो बहुत बढ़ा-चढ़ाकर रखे हुए हैं दाम। उसने कुछ कम कर दिया और यह भी कहा कि मैं उनके ग्राहक खराब न करूं, यानी कि किसी और से न कहूं ।

बाहर आकर पता चला कि जिस सिल्क स्कार्फ के मुझसे तीस

डालर (जो कि मुझे ज्यादा ही लग रहे थे) लिये वे औरों को पचपन में दिये गये । मेरे मन में ग्लानि होती रही कि मैंने उन महिलाओं के लिये भी दाम कम क्यों नहीं करवाया ? यह तो सरासर लूट है । गाइड तो अपना चाय-वाय पीने कहीं गायब हो गया था, शायद उससे यही अपेक्षित होगा ।

हमको उत्तर भारत में कई जगह जाना था यानी कि वे सारे स्थल जहां पर्यटकों को ले जाया जाता है—बनारस, आगरा, जयपुर, कोणार्क आदि-आदि । एक शहर से दूसरे शहर जाते हुए जहां-जहां हम सुविधाओं के लिये रुकते वहीं दुकानें भी होती जहां स्थानीय कारीगरी का सामान मिल रहा होता । सब गुसलखानों का इस्तेमाल कर सीधे इन दुकानों में पहुंच जाते । कुछ भारत की बारगेनिंग से वाकिफ थे और खुद ही दाम कम कराकर ले लेते । मैं ज्यादातर बाहर धूप सेंकती । मेरे लिये सर्दियों में भारत आने का बड़ा सुख यह भी होता है । शायद यह कारण भी हो सकता है कि उन लोगों की सौदेबाजी में पड़ना भी नहीं चाहती रही हूंगी । यह द्वंद्व तो मन में चलता ही रहता था कि किस को फायदा पहुंचाया जाय !

ले दे के भारत में हर जगह आम आदमी ही दिखते हैं । सिवाय एक दो अमीर घरों में घर का अनुभव दिलाने के लिये सारे ग्रुप को ले जाया गया था । अमीर लोग तो बस थोड़ी संख्या में होटल या गाड़ियों में बंद । हमारा रोज-बरोज वास्ता सड़कों पर छाबड़ी या रेहढ़ी लगाकर फल बेचने वाले, सब्जी बेचने वाले, रिक्शे वाले, खिलौने वाले, भुनी मूंगफली और गजक बेचने वाले या कुछ ऊंचे किस्म की स्थानीय कला और शिल्प के नमूने बेचने वाली दुकानों के सेल्जपर्सन या होटल और रेस्तरां में खाना परोसने वाले, सफाई करने वाले या सेक्योरिटी के लिये तैनात कर्मचारियों से ही पड़ता था । कभी-कभार या कहूं अक्सर शहरी बाजारों के बीचोंबीच भिखमंगों से भी मुलाकात हो जाती थी । जिनको देने या न देने, दोनों ही स्थितियों में छुटकारा पाना मुश्किल होता था ।

कभी-कभी मुझे अपने इन अमरीकी साथियों का रुख बड़ा चोट-सा करने वाला लगता और तब मैं सोचती कि किस चीज को देखकर मन

में कैसी भावना उठे, यह भी एक सांस्कृतिक भावना या संस्कार होता है। बनारस के घाट पर तीन चार लाशें जल रही थी, हम नाव में बैठ उस तक काफी पास चले गये थे। शाम का वक्त था और घाट के उस हिस्से पर बहुत खामोशी थी। आखिर जिन परिवारों के सदस्यों की देहक्रिया हो रही थी, वे शोक में डूबे थे। मैंने और गाइड ने सबसे कहा भी कि अपने कैमरे बंद रखें। यह कोई जश्न नहीं है। पर मौत की गंभीरता को पहचानते हुए भी उन सबके लिये यह एक तमाशा था क्योंकि जब मरने वाले से हमारा भावनात्मक जुड़ाव न हो तो मौत भी एक सूचना होती है और इस संदर्भ में तो एक अनुष्ठान मात्र थी। एक दिलचस्प और आकर्षक अनुष्ठान ! सांझ के झुटपुटे में आग की ऊंची-ऊंची सतरंगी लपटें बहुत मनमोहक लग रही थीं। सबने अपने कैमरे खोल लिये। कोई वीडियो बना रहा था तो कोई स्टिल्स ले रहा था। मुझे बहुत गुस्सा आ रहा था कि इतनी संवेदनहीनता क्यों ? शायद यह भी एक तरह का उत्सव था इनके लिये ! मुझे यह भी लगता रहता कि ये लोग देखते नहीं, बस तस्वीर लेने में ही समय बिता देते हैं और आगे बढ़ने का समय आ जाता है। यह कैसी यात्रा है ! सब कुछ खरीद लो या कैमरे में कैद कर लो ! इंद्रियों को पूरी तरह खोले बिना कैसे अनुभव करते हैं ये ?

शाम को जब सब खाना खाने होटल में बैठते तो क्या कुछ देखा इस पर टिप्पणी होने लगती। मुझे यूं तसल्ली थी कि इन लोगों के लिये भारत का बहुत अलग तरह के जीवन का अनुभव बहुत एनरिच करने वाला होगा। जैसे कि राजस्थान में हर ओर रंग ही रंग। गुलाबी इमारतें, आमेर महल के बाहर हाथियों की सजावट में उन पर बिछा लाल ही लाल रंग। या जगह-जगह पर शाम को होने वाले भारतीय लोकनृत्य और संगीत के प्रदर्शन या बनारस की साड़ियों की कारीगरी या गंगा पर आरती की चमक-दमक। सड़क पर चलती महिलाओं के रंग-बिरंगे परिधान। क्योंकि ऐसी टिप्पणियां इन सब चीजों के देखते हुए कोई-न-कोई कर ही देता था। मैं खुश थी कि भारत इनको पसंद आ रहा है। पर जब एक महिला ने शुरू किया कहना तो मैं चौंकी।

वह कह रही थी–कितनी गरीबी है यहां ! आई कांट सी सो मच पावर्टी । तुम लोग कैसे सह लेते हो यह गरीबी !

हां गरीबी तो है ! मुझे भी गरीबी देख कष्ट होता है–सबने उस औरत की हां में हां मिलायी ।

देयर इस सो मच अनहैप्पीनैस हेयर (बस पीड़ा ही पीड़ा है यहां) उस अमरीकी पर्यटक ने फिर कहा ।

मैं चौंकी–क्या कहा आपने ? गरीबी तो देखी है आपने पर अनहैप्पीनेस कहां दिखी ?

वही तो अनहैप्पीनेस है । भीख मांग रहे हैं, खाना पूरा नहीं मिलता। गंदगी में रहते हैं । सड़कों पर धुलसते छोटे-छोटे लड़के सामान बेच रहे हैं या नंगे घूम रहे हैं । पहनने को कपड़ा नहीं । पता नहीं सड़कों पर सोते हैं कि घर भी नहीं है । ओह माई गॉड ! सो मच मिज़री !

वह कहती जा रही थी और सब सिर हिला-हिला कर, या-या कहकर उसका समर्थन कर रहे थे और मेरा खून खौल रहा था । उसका यह कथन मुझे असह्य हो आया । मैं बोल पड़ी ।

आपका गरीबी और अनहैप्पीनेस को एक कहना मुझे समझ नहीं आया । जो सांप और बंदर या भालू से खेल रहे थे, क्या वे सब मिजरेबल थे ? क्या वे खेलते बच्चे हंस नहीं रहे थे, या जब आप सामान खरीदती थीं तो आपको उन के चेहरे पर बेच पाने की तसल्ली या संतोष नहीं दिखा ! मुस्कान नहीं दिखी ? यह जरूर है कि आपको देख कर वे कौतूहलवश खामोश हों और न ही उनको आपसे बतियाने लायक अंग्रेजी आती हो ।

वह थोड़ा झेंपी वह तो आप ठीक कहती हैं ।

मैं बोलती रही–देखिये गरीबी जरूर है यहां पर कम खाकर भी लोग ज्यादा खुश रह लेते हैं । उनको मोटापे की समस्या नहीं है। हाईब्लड प्रेशर और डायबटीज की समस्या नहीं है । जो है वे यहां के अमीरों में ही । सिर्फ सुविधापरस्त जीवन ही तो खुशी का पर्याय नहीं। यहां वे सब समस्यायें नहीं जो आपके अमरीका में हैं । खुशी या नाखुशी सब अपने-अपने हिस्से की हर जगह पर झेलते हैं । न अमरीका में सब

खुश हैं न भारत में । हर जगह की अपनी-अपनी कमियां या खूबियां हैं! यहां जो औरत भीख मांग रही थी, वह बच्चे को छाती से चिपकाये थी । उसका बच्चा गुरबत में तो पल रहा है लेकिन मानसिक रूप से सेक्योर ही होगा ।

गुस्से में मैंने आपका अमरीका–कहा था जिस पर कुछ आंखों में सवाल भी दिखा पर मैंने जानबूझकर अनदेखा कर दिया । यह थी तो कुछ इस तरह की बात कि बच्चे को गलत काम करते देख बाप उसकी मां से कहे–तुम्हारा बच्चा ऐसा है न कि हमारा ।

उस दिन मैं रात भर भड़कती रही कि इतने सुंदर नाच, संगीत, कलायें देख कर भी याद इनको गरीबी ही रही ! ऊपर से यह हिमाकत कि दु:ख ही दिखता है यहां । भारत का सारा सौदर्य, यहां के लोग, दु:खमय ही हैं ? और सोचते-सोचते पता नहीं किधर की किधर निकल गयी । अपनी पिछली भारत यात्रा का ध्यान आया जब हम कार से मनाली गये थे । बिलासपुर के बाद पहाड़ शुरू हुए तो जैसे खूबसूरती और स्वच्छता का एक अटूट सिलसिला । पहाड़ियों की श्रेणियों के बीच व्यास नदी का हरहराता प्रवाह । रास्ते भर आसमान से होड़ करते पर्वतशिखर, ऋषियों से समाधिस्थ देवदार के दरख्त, लाल-लाल लटकते सेबों, आड़ू और खुमानियों से लदे फलों के बगीचे !! तब मुझे लगा था कि वह अनछुआ भारत का वैभव तो यहां है । लोग भी कितने मीठे, दोस्ताना । झट से किसी से भी दोस्ताना रिश्ता बन जाता । अजीब-सा महसूस हुआ था कि कितना अपनापन है इस सारे माहौल में । ये पहाड़, ये सारी वनस्पति, सब अपना है, मेरा अपना, मेरी धरती का । कैसी भावाप्लावित कर देने वाली थी वह अनुभूति । इन लोगों ने कुछ देखा तो है नहीं । चार शहर देखकर अपना फैसला सुना रहे हैं कि सिर्फ कष्ट-ही-कष्ट दिखता है यहां ! खैर अब बस रह गया था ताजमहल। हमारा अंतिम पड़ाव । चलो देखें !

अपने इस टूर के दौरान हम जिस भी ऐतिहासिक इमारत को देखने जाते वहां दो तरह की टिकटें होती । भारतीयों के लिये बहुत कम दर की टिकट होती और विदेशियों के लिये कई गुना ज्यादा । गाइड हम

सब की टिकटें एक साथ ले लिया करता था और टिकटों के लिये खर्चा उसे कम्पनी से अलग से मिला हुआ था । कम्पनी एक ही साथ हवाई टिकटों और बाकी का खर्चा सबसे ले चुकी थी ।

मैं हिन्दुस्तानी मूल की थी पर थी तो एन.आर.आई. ही । वहीं की रहने वाली । सो टिकटें मेरे लिये भी विदेशियों वाली ही खरीदी जानी थी । पता लगा कि गाइड साहब मेरे हिस्से की टिकट का पैसा बचा रहे थे । इस बात पर मैंने पहले ध्यान ही नहीं दिया था । उन्होंने मुझे एक बार कहा भी तो मैंने ज्यादा सोचे बिना कहा कि हां मैं तो हिन्दुस्तानी ही हूं । कपड़े भी सलवार-कुरता पहने होते ।

जब हम ताजमहल पहुंचे तो गाइड बोला कि यहां विदेशियों की टिकट खासी महंगी होती है और बड़ी सख्त चेकिंग होती है सो पूछने पर आप यही कहियेगा कि आप तो हिन्दुस्तानी ही हैं । इसलिये हिन्दुस्तानी टिकट पर ही अंदर जायेंगी ।

मैंने देखा कि वहां तो देसी और विदेशियों की लाइनें ही अलग-अलग थीं । अब मैं मुश्किल में पड़ी । मेरी आदत तो अपने अमरीकी साथियों के साथ ही इमारतों में जाने की थी । गाइड ने कहा कि आप मेरे साथ रहिये । पर टिकट चेक करने वाले ने मेरी भारतीय पोशाक होते हुए भी मुझसे कहा- आप तो बाहर से आई हैं । आप इस टिकट से अंदर नहीं जा सकती ।

वह मेरे कटे बाल या बात करने का और खड़ा होने का ढंग या हावभाव और पता नहीं क्या देख कर पूरे विश्वास से कह रहा था । और मैं सोच रही थी कि इसे क्या जवाब दूं ?

गाइड ने मेरे पीछे से कहा–अरे ये हिन्दुस्तानी ही हैं । हमारे साथ हैं ।

गाइड के कहने पर वह मुझे अंदर जाने देने पर विचार कर ही रहा था कि पता नहीं तब क्या हुआ मुझे । बहुत-सी बातें चमक गयी उस एक पल में । क्या हूं मैं ? क्या होना चाहती हूं ? क्या दिखना चाहती हूं ? मैं पैसे बचाकर अपने देशवालों को नुकसान क्यों पहुंचा रही हूं ? यह तो गद्दारी है एक तरह की !

मैंने उसे कहा– माफ कीजियेगा । गलती हो गयी । मैं दूसरा टिकट लेकर आती हूं ।

मैं लाइन से बाहर आ गयी । गाइड खिसियाया-सा मुझसे बोला आपने कहा था कि आप भारतीय नागरिक हैं, अमरीकी नहीं । इसी से आपका हिन्दुस्तानियों वाला टिकट ही लिया ।

सो तो ठीक कहा था । पर हूं तो एन.आर.आई. ही । आप प्लीज दूसरा टिकट ले लीजिये ।

और मैं समझने की कोशिश कर रही थी कि इस गेटवाले ने भला किस आँख से देखा मुझे ! और फैसला लेने वाली ये मेरी कौन-सी आँख है ?

❖❖

पड़ोस

सीढ़ियों पर आज भी सुबह बहुत शोर हो रहा था । मेरी दरवाजा खोल कर बाहर देखने की हिम्मत तो नहीं हुई । फालतू में ही लोग सोचेंगे कि दूसरों की बातों में टांग अड़ाती है । आखिर यह हिन्दुस्तानी शहर का मुहल्ला तो है नहीं कि मियां-बीवी की लड़ाई हो और सारा पड़ोस बाहर खड़ा देखने लग जाय ! पर मैं अपने दरवाजे में बने शीशे के छेद से देखने लगी । यह छेद भी खुफिया का ही काम करता है । बाहर वालों को तो कुछ दिखता नहीं कि अंदर से कोई देख रहा है और अंदर वाले को बाहर कौन है और क्या हो रहा है यह सब दिख जाता है । चाहे एक सीमित से दायरे में ही । इस खुफिया छेद की मूल वजह तो यही है कि आप पहचान जायें कि दरवाजे के बाहर कौन है ताकि उसे खोलने या न खोलने का सही फैसला कर सकें ।

आवाजें पहले भी सुन चुकी थी पर आज वे इतनी करीब हो गयीं थीं कि लगा हमारी मंजिल पर ही पहुंचा हुआ है मामला । इसी से आज पहली बार ही खुफिया छेद से झांककर देखा तो हमारी ऊपर वाली मंजिल पर रहने वाले बड़ी उम्र के पति-पत्नी थे । पति सीढ़ियों से नीचे उतरने की कोशिश में था । पत्नी ऊपर की तीसरी चौथी सीढ़ी पर खड़ी कुछ कह रही थी । यूं सीढ़ियां थोड़ा ऊपर जाकर घूम जाती थी इससे मैं उसे ठीक से देख नहीं पा रही थी पर उसकी आवाज का करीब होना ही उसकी वहां उपस्थिति जता रहा था । वह अंग्रेजी में नहीं बोल रही थी इसलिये मुझे कुछ समझ में नहीं आ रहा था कि क्या कह रही है । पति के चेहरे पर खीझ, मजबूरी और झेंप-सी बहुत

साफ-साफ दिख रही थी कि शायद इमारत के लोग शोर सुन रहे होंगे। पति का जवाब अंग्रेजी में ही था और मानों समझाते हुए, संभली-सी भाषा में कि वह थोड़ी देर में लौट रहा है । पर मुझे समझ कुछ नहीं आया कि हो क्या रहा है । यूं भी पति-पत्नी की लड़ाई चाहे जितनी भी आम बात हो, उसकी अंदरूनी वजह तो वही जानते हैं । ठीक जैसे किसी जोड़े का जब तलाक हो जाता है तो छोटी-छोटी बहुत-सी बातें कही जाती हैं कि इस लिए हुआ या उस लिए । पर मूल वजह मेरी तो कभी पकड़ में आती नहीं । आप यही सोच लेते हैं कि बस बनी नहीं, कुछ क्लिक नहीं हुआ । अब कुछ तो वजह होगी ही ! यूं भी एक वजह के बजाय सचमुच अंदर हाथ डालो तो वजहों के गुच्छे के गुच्छे निकलते चले आते हैं ।

यहां भी बात मेरी समझ में आ नहीं रही थी कि कम-से-कम सत्तर-पचहत्तर की उम्र के रहे होंगे ये पति-पत्नी । मैं यह भी जानती हूं कि पत्नी यूनिवर्सिटी में फ्रेंच भाषा पढ़ाती रही है । उसके एक दो लेख भी मैंने इधर-उधर पढ़े हैं । मतलब कि समझदार और बुद्धिमान औरत है तब इस तरह का बेहया बर्ताव क्यों कर रही है । कम-से-कम मैंने पहले कभी ऐसा अनुभव नहीं किया यहां कि पति सीढ़ियों से नीचे उतर रहा है और पत्नी उसका पीछा करती-करती बीच सीढ़ियों से पता नहीं क्या-क्या अपनी भाषा में ऊंचा-ऊंचा चिल्ला रही है ।

यू मैंने इन पति-पत्नी को कई बार बाहर साथ चलते हुए देखा है। अक्सर लिफ्ट में भी आते-जाते दिख जाते हैं तो हलो हाय हो जाती है । पत्नी ज्यादा बोलती नहीं । मैंने यह भी सोचा था कि अपने आप को बड़ा समझती है पर पति मिलनसार है । कुछ-न-कुछ बात करता ही है। उसी ने बताया था कि पत्नी फ्रेंच पढ़ाती है, फ्रेंच भाषा पर उसका कुछ काम भी है । मुझे चूंकि फ्रेंच भाषा से कुछ लेना-देना नहीं इसलिये उसके काम के बारे में मैंने कोई सवाल पूछा नहीं और बस सिर हिला दिया था । निर्णय पर पहुंची कि पति अमरीकी है और पत्नी फ्रेंच और उसे फ्रेंच होने का गुमान है और वह खुद को अमरीकियों से ऊपर समझती है । इससे किसी से बात करने में या किसी को जानने

में उसकी दिलचस्पी नहीं ।

मैं यूं भी अपने काम से काम रखती हूं । चूंकि हिन्दुस्तानी हूं और हिन्दुस्तान में खुद भी इस बात से दु:खी होती थी कि हर कोई हर दूसरे की जिंदगी में जरूरत से ज्यादा ही दखलअंदाजी करने का स्वभाव या हक रखता है इसलिये यहां आकर मैंने अपने आप को जरूरत से ज्यादा ही संभाल कर रखा है । यहां के लोग यूं भी व्यक्तिगत सवाल कम ही पूछते हैं । हम हिन्दुस्तानी तो किसी से मिलते ही उसके पूरे कुनबे के बारे में जान लेना चाहते हैं और ऐसा अक्सर होता भी है कि कोई-न-कोई दूर-दराज की रिश्तेदारी इस तरह निकल ही आती है । यहां के ज्यादातर हिन्दुस्तानी ऐसा करते ही हैं । सबका आगा-पीछा मिनटों में जान लेते हैं पर मैंने ऐसा न करने की ही आदत डाली हुई है । इसलिये इन पति पत्नी को लेकर भी मैंने कोई पूछताछ या दखलअंदाजी नहीं की । पर उनके ऐसे बर्ताव से मैं हैरान बहुत थी और इसलिये जिज्ञासु भी कि आखिर क्यों आये दिन यह तमाशा ?

वैसे मैंने एक बात हर जगह देखी है अंततः इंसान की रूचि इंसान में होती ही है । अगर आगे बढ़कर किसी से हाथ मिला लो और बात करने में रूचि दिखाओ तो वह व्यक्ति भी आपकी ओर बढ़ता ही है। पर मुश्किल पहल करने की ही होती है कि आपको खुद ही आगे बढ़ने में झिझक होती है और बात आगे नहीं बढ़ती । फिर सबके पास अपने-अपने मनोरंजन के ढेर सारे साधन भी तो मुहय्या हो गये हैं न। हर किसी के पास टीवी है, संगीत है, टेलीफोन है और इन सबका सरताज कंप्यूटर है तो पड़ोस व.ज़ों से बात करने का कष्ट उठाने की खास जरूरत नहीं पड़ती । मेरे पास भी इन सबके अलावा मेरी किताबें हैं, नौकरी है तो दूसरों के दरवाजे खटखटाने की फुरसत नहीं होती ।

आज की सुबह वाला ड्रामा दरअसल काफी बार दुहराया गया । अब तो मैं अपने अपार्टमेंट के मुख्य दरवाजे के खुफिया छेद से झांकती भी नहीं । शोर और चिल्लाहट के अलावा और तो कुछ साफ सुनाई भी न देता था । मैंने खुद से कहा कि यह तो हमारे पड़ोस का मार्निंग राग बन गया है और बिना उस ओर ज्यादा तवज्जो किये अपनी सुबह

की दिनचर्या में लगी रहती ।

पता तो लग ही गया था कि यह वही जोड़ा है । यूं तो दोनों के अच्छे भले नाम हैं । पत्नी का नाम एमा था और पति का अरविन । आखिर उनको कई सालों से देख रही थी । अक्सर वे कभी शाम को खाना खाने बाहर जा रहे होते । कभी थियेटर देखने । अक्सर सुबह यूनिवर्सिटी जाते हुए भी वह मुझे लिफ्ट या फुटपाथ वगैरह पर दिख जाती । मेरे देखते ही देखते वह पढ़ाने से रिटायर भी हो गयी थी । मुझे याद है एक बार उसका पति अकेला ही था जब इस बारे में हमारी बात हो रही थी तो कहने लगा–मेरी पत्नी से मैंने बहुत काम करवाया है । मैं उसे रिटायर होने नहीं देता था । वह सत्तर की उम्र में जाकर रिटायर हो रही है । फिर मुझसे बोला–क्या मैं बहुत बुरा पति हूं ? इतनी देर तक उससे काम करवा कर बहुत सख्ती बरती न !

मुझे मालूम था कि मेरे बहाने वह खुद से ही तर्क-वितर्क कर रहा था । शायद मुझसे स्वीकृति की ही अपेक्षा थी उसे । मैंने कहा काम करना तो अच्छी बात है । पढ़ाना तो वैसा बोझिल काम भी नहीं है । जवान छात्रों की संगत अध्यापकों को भी जवान और ऊर्जामय रखती है । फिर एमा खुद भी तो पढ़ाना चाहती होगी ।

वह कुछ उदास भाव से बोला–

शायद नहीं । पर मुझे लगता था कि वह घर में करेगी क्या । मैं तो रिटायर हूं ही । मैं भी सत्तर साल की उम्र में ही रिटायर हुआ था । पर मैं तो उससे चार साल बड़ा हूं । सारा घर का काम भी संभाल लेता हूं । एक जन नौकरी करे तो ठीक रहता है । फिर पैसा भी खुला आता रहता है । खाली सोशल सेक्योरिटी से तो घर का किराया भी मुश्किल से निकलता है ।

ठीक कह रहे हैं आप । महंगाई तो बढ़ती ही रहती है । आमदनी रूक जाय तो हाथ तंग करना पड़ता है । पर सचमुच इसमें अपराधबोध होने वाली कोई बात नहीं । मैंने खुद से कहा ।

उस दिन शाम काफी देर हो चुकी थी । शायद नौ-दस बज चुके थे । मैं खाने के बाद नीचे लाबी में आ गयी थी । बाहर खासी ठंड पड़

रही थी सोचा यहीं थोड़ा-सा चल लेती हूं। सर्दी में बाहर निकलने का बिलकुल मन नहीं था। अभी दस-पंद्रह मिनट लाबी में चक्कर काटे ही थे कि वही ऊपर की मंजिलों से झगड़ने का शोर सुनाई दिया। यह तो मार्निंग राग था। आज देर शाम को भी तकरार हो रही है ! मिनट भर में लिफ्ट का दरवाजा खुला और अरविन उसमें से बाहर निकला।

मेरे मुंह से निकल गया—क्या हुआ ? एमा शायद तुमको बुला रही है।

उसने कुछ इस तरह मेरी ओर देखा कि अब तो राज खुल ही गया है अब क्या छुपाना। उसकी खिसियायी-सी आवाज में अंदर की झुंझलाहट छिप नहीं पा रही थी। बोला बहुत परेशान करती है मुझे। कहीं जाने नहीं देती। जब घर से निकलता हूं बवाल खड़ा कर देती है। सुबह आठ बजे मेरी डाक्टर से अप्वायंटमेंट है और यह मुझे घर से बाहर नहीं जाने देती। पहले भी मिस करवा चुकी है।

पर इस समय तो रात है और यह सुबह की अप्वायंटमेंट की बात कर रहा है। क्या इसने जिक्र किया होगा तभी वह झगड़ पड़ी या कोई और बात है जो यह मुझसे कहना नहीं चाहता या कह नहीं सकता। वह लगभग बड़बड़ाया मेरा तो दम घुट रहा है उस घर में। ऐसे कैसे रह सकता हूं ? और जैसे अपने आप से ही कहते-कहते वह इमारत के मेन दरवाजे से बाहर निकल गया।

मुझे ऐसा लगा जैसे वह सिर्फ ताजी हवा में सांस लेने के लिये तरस रहा था। और चाहे कुछ भी हो जाय उसे घर से बाहर निकलना ही था।

मुझे इतना तो समझ आ गया कि अक्सर सुबह जो बवाल मचता है उसकी बस यही वजह होगी कि वह घर से निकलने को होता है और एमा उसे रोक रही होती है। पर वह इस तरह पागलों की तरह क्यों चीखती है ? इतनी भी भला क्या बात है। या यह भी हो सकता है कि बात कोई और हो और अरविन मुझसे झूठ कह रहा हो या सारी बात न बताना चाहता हो।

जो कुछ भी हो इस समय वह घर से निकल बाहर की ताजी हवा

खाना चाहता होगा तभी इस ठंड में बाहर निकल गया । पत्नी की चिल्लाहट कुछ देर तक बुलंद रही फिर अपने आप थम गयी । वह भुनभुनाते हुए अपार्टमेंट के अंदर चली गयी थी ।

फिर कुछ दिन तक मुझे कोई शोर नहीं सुनाई दिया । यूं मेरा उस ओर ध्यान भी नहीं गया । हफ्ते में चार दिन तो यूं भी सुबह पढ़ाने के लिए निकल जाना होता है । अगर पीछे से कुछ हुआ भी तो मैं कैसे जान पाती ! सच कहूं तो अपनी व्यस्तता के मारे मेरे अचेतन में भी उनका कोई ख्याल नहीं था ।

एक सुबह लाबी में अपना अखबार उठाने गयी तो हमारा नया पड़ोसी श्रीनिवासन भी उसी समय अखबार उठाने नीचे आया । वह और मैं हम दो ही हिन्दुस्तानी इस इमारत में बसते थे । सिर्फ हिन्दुस्तानी होने के नाते ही हममें एक अच्छी पहचान-सी बन गयी थी । वह उम्र में मुझसे काफी छोटा था और यूनिवर्सिटी में रसायन विज्ञान के विभाग में रिसर्च फेलो था । भला-सा युवक था । उसके हाथ में दो न्यूयार्क टाइम्स अखबार देख मैंने कौतूहल से उसकी ओर देखा तो बोला यह दूसरा अखबार एमा अरविन के लिये है । वे लोग कुछ ठीक नहीं हैं । इसलिये मैं ही उनका अखबार पहुंचा दिया करता हूं ।

यह तो मुझे मालूम था कि श्रीनिवास उसी तल्ले पर रहता था जहां वह जोड़ा रहता था । पर यह इस तरह के नेक काम करता है । मैंने दाद देने के उत्साह भरे स्वर में कहा–कैसे हैं वे दोनों ।

उदास आवाज में वह बोला बस बूढ़े हो रहे हैं ।

हां ऽऽ। दे आर क्वाईट ओल्ड ।

बहुत मुश्किल है उनकी जिंदगी !

उसने ठंडी आह भरी और चुप हो गया । बुढ़ापे के एक अनिवार्य उदासपन ने जैसे हमें घेर लिया था । लिफ्ट में हम साथ थे पर हम दोनों की निगाहें अखबार की सुर्खियों पर टिकी थीं । मेरा तल्ला आया तो मैं धीरे से बाय कह कर निकल आयी । दरवाजा बंद होते-होते मेरे कानों में उसके रूटीन से शब्द पड़े-हैव ए गुड डे !

मैंने भी आदतन जवाब दे दिया यू टू !

वक्त तो बीतता ही रहता है । हम भी बीतते रहते हैं । यूं अपने बीतने का अंदाज कम ही होता है । पर जब मौसम बीतता है तो उसकी जोरदार घोषणा को नजरअंदाज करना मुश्किल होता है । लेकिन सच तो यह है कि अपने-अपने अपार्टमेंट के दायरे में हम अपने-अपने मौसम जीने को मजबूर रहते हैं । धूप निकली तो सूरज की किरणों का स्पर्श पा हम भी मुस्कुरा देते हैं, बर्फ गिरी तो बस अपार्टमेंट के दड़बों में घुसे मौसम का सोग मना लेते हैं । आखिर जिंदगी का अधिकतम हिस्सा तो अपने साथ ही, अपनी मनःस्थितियों, अपनी सोच, अपने भावजगत, अपनी आशा-निराशाओं और अपने सोने-जगने के साथ ही बिताना होता है !

एक दिन नीचे लाबी में नोटिस देखा कि अरविन की अंत्येष्टि पास वाले चर्च में हो रही है । मैं हैरान रह गयी । तो अरविन अब इस दुनिया में नहीं है । इतने दिन से देखा नहीं था । बेचारा बहुत बीमार रहा होगा। या चौबीसों घंटे अपार्टमेंट के अंदर रह कर बेचारे का दम घुट गया होगा ! पर मौत कब हुई ? यहां तो कुछ पता ही नहीं चलता। शायद पिछले कुछ दिन एक कान्फ्रेंस में गयी थी, तभी हुई होगी । नोटिस पर खाली मेमोरियल की तारीख व समय तथा स्थान था । यह नहीं पता चलता था कि मौत हुई कब । यानी कि मेरे सिवा सब जानते ही होंगे यह बात ! पर मैं जा नहीं सकती थी । उस समय मुझे किसी जरूरी मीटिंग में होना था । सोचा मैं खुद ही उनके अपार्टमेंट में जाकर एमा से शोक व्यक्त कर दूंगी ।

बार-बार मन में यही ख्याल आता रहा कि जिस अरविन को वह मिनट भर के लिये आंखों से दूर नहीं होने देती थी, घर के बाहर कदम नहीं रखने देती थी, अब उसका हमेशा के लिये चले जाना कैसे सह पायेगी !

एक दोपहर घर में थी तो ऊपर की मंजिल पर जाकर उनके अपार्टमेंट की घंटी दबायी । काफी देर तक दबाती रही । मालूम था कि एमा घर में है । वह कहीं आती-जाती नहीं । पर दरवाजा खोला नहीं गया । हारकर वापस आ गयी । एकाध बार और भी कोशिश की पर दरवाजा कभी खुला नहीं या कहूं कि खोला नहीं गया ।

कुछ दिन बीत चुके थे जब एक बार इमारत के मुख्य दरवाजे से बाहर जाने के लिये दरवाजा खोला तो पोर्टोरिकन दीखने वाली औरत किसी अपार्टमेंट का बटन दबा रही थी । मुझे वह औरत ठीक-ठाक दिखी तो कह दिया लो दरवाजा तो खोल ही दिया है मैंने । तुम अंदर जा सकती हो । घंटी के जवाब का इंतिजार करने की जरूरत नहीं ।

तरीका यह था कि आने वाला अपार्टमेंट की घंटी दबाता था और वहां रहने वाला ऊपर से ही बटन दबाकर दरवाजा खोल देता पर वह घंटी दबाती रही और इंतिजार करती रही दरवाजा खुलने का । बोली– कोई फायदा नहीं । ऊपर जाकर अपार्टमेंट की घंटी दबाऊंगी तो वह दरवाजा खोलेगी ही नहीं ।

मुझे उसकी बात ठीक समझ नहीं आयी । मैंने पूछ लिया किस अपार्टमेंट में जा रही हो ?

जिस अपार्टमेंट का नंबर बताया वह एमा का ही था । बोली डरती है वह । किसी के लिये दरवाजा नहीं खोलने देती । यहां से या फोन पर बात करके पक्का कर लेती है तभी खुलवाती है । अभी वहां दिन की नर्स है । वही दरवाजा खोलेगी । मेरी रात की ड्यूटी है ।

यानी कि खुफिया छेद पर आने से भी डरती होगी कि कोई बाहर वाला कहीं उसे देख न ले मैंने सोचा ।

उस पोर्टोरिकन औरत ने अपने सिर के पास उंगली घुमाकर इशारे से यह व्यक्त करने की कोशिश की कि उस यानी एमा का दिमाग खराब है ।

मुझे उसका इस तरह का इशारा अपमानजनक लगा पर मैंने कुछ कहा नहीं । यूं भी जब बात आपके मनमुआफिक न हो तो इस तरह के इशारे करना आम बात है । बातचीत में यह तो पता लग ही गया कि वह औरत एक नर्स थी और एमा की मदद के लिये उसके घर पर आती थी ।

खैर मैं बाहर चली गयी । मुझे नहीं मालूम कि वह नर्स कब तक दरवाजा खुलने का इंतिजार करती रही होगी ?

एक दो मौसम फिर गुजर गये जब अचानक एक शाम मेरे अपार्टमेंट

के दरवाजे पर खटखट हुई । श्रीनिवास था । उसके हाथ में मेरे नाम का एक कार्ड था जिसे मेरी ओर बढ़ाते हुए वह बोला–मैं इस शनिवार को अपने घर पर एक पार्टी कर रहा हूं । कुछ दोस्त आ रहे हैं और बाकी पड़ोसियों को बुलाया है । आप आ सकेंगी न !

देखती हूं । हां कुछ कर तो नहीं रही । आऊंगी । जरूर आऊंगी। इन सर्दी की छुट्टियों में हिन्दुस्तान नहीं जा रही सो कोई प्रेशर नहीं है । आ पाऊंगी । मैं भी सोच रही थी कि पड़ोसियों की एक पार्टी करूं पर टलता ही रहता है ।

मैं भी तो कब से सोच रहा था । अब सोचा कि कह ही डालूं । इसी से इतना शार्ट नोटिस है । सॉरी ।

उसकी तो कोई बात नहीं । अच्छा कर रहे हो । कुछ साल पहले कैरोलिन ने भी अपने यहां क्रिसमस पार्टी की थी तो तभी सारे पड़ोसियों से मुलाकात हुई थी । वरना पता ही नहीं चलता कौन क्या कर रहा है !

सही कह रही हैं आप । पर यही होलीडे सीजन होता है जब पार्टी करने की सूझती भी है । वर्ना सारा साल कामों में ही निकल जाता है ।

गयी थी मैं श्रीनिवास की पार्टी में । कुछ एक नये पड़ोसियों से मिली पर उसके विभाग के लोग ही ज्यादा थे ।

अलग से श्रीनिवासन से बात हुई तो मैंने कहा–पड़ोसी तो बहुत कम ही आये हैं ।

वह एकदम से बोला–बस मैंने इनको नोटिस नहीं दिया न । सबको कुछ-न-कुछ करना ही होता है वीकेंड पर । इसीलिये ज्यादातर लोग नहीं आ सके । पर बुलाया मैंने सभी को था । एमा को भी बुलाया था ।

मैं छूटते ही बोल उठी–क्या एमा से मुलाकात होती है तुम्हारी ?

अब वह संजीदा-सा हो गया–आपको मालूम है न उसकी यह मानसिक समस्या । वह दूसरे महायुद्ध में फ्रांस के जर्मन आक्यूपेशन के दिनों सारा वक्त एक घर की बेसमेंट में छुपी रही थी । यह दिनों नहीं, महीनों नहीं, सालों की बात है । उसका सारा परिवार नाजियों के हाथों मारा गया था । उसका दो साल का छोटा भाई भी... इसीसे उसके भीतर का डर बार-बार उभर आता है । उम्र के इस पड़ाव पर उसकी

हालत ज्यादा ही खराब होती जा रही है । वह बस घर में बंद रहती है !

तो वह यहूदी है...? मैंने हैरानी से पूछा ।

हां ! वो तो अरविन अमरीकी सेना में था । फ्रांस को जर्मनों से मुक्त कराने के बाद वह कुछ साल फ्रांस में ही था । वहां उसे मिला तो दोस्ती हो गयी और साथ ले आया । यहां उसकी पढ़ाई पूरी करवायी । पहले तो वह खाली फ्रेंच ही जानती थी तभी उसने फ्रेंच की प्राध्यापिका का काम ही अपनाया ।

और श्रीनिवासन अपनी बात कहता रहा–

मैंने कम-से-कम आठ बार घंटी दबायी होगी । काफी देर बाद उसकी नर्स आयी पर वह अपार्टमेंट के भीतर से ही बोलती रही कि उसे दरवाजा खोलने की इजाजत नहीं है । मैंने उसे कई बार कहा कि एमा को बुलाये पर वह यही कहती रही कि एमा दरवाजे पर नहीं आयेगी न उसे खोलने की इजाजत थी । मुझे तो अजीब लग रहा था इस तरह बंद दरवाजे के आर-पार बात करना... मेरे दिमाग में दो दिन पहले का एक वाकया घूम गया । लिफ्ट में उसकी नर्स मिली तो यूं ही मैंने पूछ लिया था कि एमा का हाल क्या है तो नर्स ने जवाब दिया था–मुझे क्या मालूम कैसा हाल है ? वह कभी डाक्टर के पास तो जाती नहीं ।

और बहुत कुछ अनकहा, अनजाना अब जैसे मेरे सामने खुल रहा था ! बहुत से सवाल ऐसे उठ रहे थे जिनका जवाब शायद मुझे कभी न मिले ! जिन मौत से भी ज्यादा भयंकर हादसों को जिया है इस औरत ने क्या मैं उनकी कल्पना भी कर सकती हूं ! महायुद्ध की भयंकर बमबारी और मौत के खतरों के बीच अंधेरे बेसमेंट में कैसे इतना लंबा समय गुजारा होगा ! मैं जिसे इसका गुमान समझती रही वह इसका बरसों से सिंचित दर्द था, खौफ था, मौत से लड़ते रहने की एक खामोश जद्दोजहद थी जो इस तरह जम गयी थी भीतर कि बाहर से एक मौन जड़ता का मुखौटा बन गया था । और अब उसमें बसा है वही एक विकराल खौफ ! वह देखती है इंसानों के भीतर बस राक्षस, भेड़िये, नरक की गंध, बेसमेंट की अंधेरी सड़ांध, विनाश की प्रताड़ना, यमराज की ललकारें । कितनी दूर तक इसके भीतर धंस गया है इंसानों से डर,

इंसानों से विरक्ति, इंसानों के प्रति गहरा अविश्वास ! और रौंद रहा है उसके निरीह वजूद को, उसकी सूनी, अकेली दुनिया को !

अरविन के साथ ही उसकी चिल्लाहट भरी आवाजें भी खामोश हो गयी हैं । अब तो उस अपार्टमेंट की बची हुई सांसों को मौत की चुप्पी सहमा चुकी है ।

मुझे लगा कि हाथ में पकड़ा वाइन का ग्लास कहीं छूट कर चकनाचूर न हो जाय । मैंने और कस कर थाम लिया । पार्टी के उस माहौल में बहुत-सी आवाजें मेरे कानों में पड़ रही थीं पर एमा की वे डर से बौखलायी चिल्लाहटें सारी सतहों को चीरती हुई आ रही थी मेरे पास !

❖❖

कलश

डायरेक्टर फिर बोला–हां एक बात भूल गया । क्या राख के लिये कलश लेंगे ? नीचे रखे हैं दिखा देता हूं । कुछ लोग लेते हैं और उसे यादगार बनाकर घर में रखते हैं । पर आजकल लोगबाग पसंद नहीं करते यादगार रखना हो तो हम प्लास्टिक के लिफाफे में राख डालकर दे देते हैं । जिसे कहीं भी फेंका या बहाया जा सकता है । वह मुफ्त होगा । पर अगर अर्न लेंगे तो उसके साढ़े सात सौ डालर एक्सट्रा लगेंगे ।

नहीं हम अर्न नहीं लेंगे, पर उसकी पत्नी से पूछ कर बतलाऊंगा ।

अमरेश ने जवाब तो दे दिया पर मन वहीं दोस्त में अटका हुआ था । यह सब इसलिये हो रहा था चूंकि उसका दोस्त इस दुनिया से रूखसत हो गया था । अचानक अमरेश की दुनिया कितनी बदल गयी थी !

यूं ही चला गया था उसका दोस्त । पार्टी में खाना खाते-खाते । उस दिन वाइन भी खूब पी रखी थी उसने । खूब मस्त था । ऐसे गप्पें मार रहा था जैसे कि दोस्तों के साथ की इस शाम के बाहर कुछ भी न हो । प्लेट हाथ से छिटक कर फर्श पर चकनाचूर हुई और उसी क्षण वह भी । देखने में सबूता का सबूता पर भीतर का जीव नदारद । नदारद ही कहना चाहिये क्योंकि दोस्तों के उस समूह में एक डाकटर भी था। उसने नब्ज महसूस करने की कोशिश की तो चेहरा फक्क हो गया ।

अस्पताल तो ले जाया ही गया । वहां उसे पुनर्जीवित करने के भी पूरे प्रयास किये गये पर डाक्टर भी आखिर इंसान ही हैं । दिल को तो पंप लगाकर चला दिया पर दिमाग में काफी देर तक खून न पहुंचने से

दिमाग की मौत हो चुकी थी । यानी कि कोई सूरत बची नहीं थी कि जीवित करार दिया जाये ।

डॉक्टरों ने मीटिंग की और उसकी पत्नी और करीब के दोस्तों और रिश्तेदारों के सामने उसे मृत घोषित करते हुए डॉक्टरी टेस्टों की रिपोर्ट दिखा दी । कहा कि अभी वे एक टेस्ट और करके फैसला कन्फर्म कर देंगे । पर वे सब जान गये थे कि फैसला यही था जो कि अनौपचारिक तौर पर हो चुका था । शायद औपचारिक घोषणा के लिये डॉक्टरों को कुछ सावधानी बर्तने की जरूरत होती है जिसे वे पूरा कर रहे थे ।

कुछ घंटे बाद दूसरी मीटिंग भी कर दी गयी और सब दुहरा दिया गया । डॉक्टरों का काम खत्म था पर एक और तरह का ग्रुप उनसे मिलेगा यह बताया गया ।

यह चीर-फाड़ करने वाले डॉक्टर थे जिन्होंने उनसे पूछा कि क्या वे मृत के शरीर को अध्ययन और शोध के लिये दान देना चाहेंगे ?

वे सब सकते की-सी हालत में थे । सिर्फ पत्नी ही इस बारे में कुछ फैसला ले सकती थी यानी कि उसी का फैसला लेना उपयुक्त था। पत्नी घबरा गयी कि उसके पति के साथ जाने क्या अनर्थ होने वाला है ! बोली कि वह नहीं चाहती कि उसके पति के शरीर की चीरफाड़ की जाये । लेकिन पोस्टमार्टम तो होगा, यह भी निश्चित रूप से बता दिया गया था । ऐसे हादसों में यह अस्पताल का नियम है । पत्नी यूं भी तर्क-वितर्क करने की हालत में नहीं थी । उसने एक नासमझ-सी मजबूर आह भरी और चुप रही ।

अमरेश को वह एक यंत्रचालित पुतली-सी लगी । चेतनाशून्य । उसे जैसे अहसास ही नहीं था कि अचानक क्या कुछ हो गया है उसकी जिंदगी में । उसके भीतर कुछ धंस ही नहीं रहा था । उसका व्यवहार ऐसा हो रहा था जैसे कि कुछ बिजनेस सम्बंधी फैसले लेने हों और वह अपनी समझ के अनुरूप ले रही हो जैसे कि हमेशा लिया करती थी । अमरेश उस सामने न आ पाने वाली अथाह पीड़ा को महसूस कर सकता था पर कुछ कर सकने की सामर्थ्य तो उसमें भी न थी सिवाय इसके कि दम्पति के करीबी दोस्त होने के नाते उसका भरसक साथ

देता रहे, उसे तसल्ली देने की कोशिश करता रहे।

उसने हल्के से उसके कंधे पर हाथ धर कहा– कालिंदी...।

और उसका अपना गला ही रूंध गया था।

अमरेश ने कुछ संभल कर फिर नर्स से पूछा कि क्या हम मृत को देख सकते हैं। वह बोली–जल्दी से देख लीजिये। आज ही हम लाश को पोस्टमार्टम के लिये भेज देंगे।

वे वहां गये तो लाश को सफेद कपड़े में लपेटा जा रहा था।

उसने पूछा–लाश को हम कब ले जा सकते हैं?

जवाब मिला–लाश सीधे फयूनरल घर को जायेगी। आप जिस भी फयूनरल गृह का पता देंगे, लाश वहां पहुंचा दी जायेगी। क्या हम साथ...

लाश यहां से सीधे फयूनरल गृह ही जाती है। आप पता दे दीजियेगा और फयूनरल गृह से कहियेगा कि हमसे संपर्क कर लें। अगले दो-तीन दिन में यहां की सारी कार्रवाही खत्म हो जायेगी फिर लाश को फयूनरल गृह मंगवाया जा सकता है। जब तक मंगवायेंगे नहीं, वह मौर्ग में पड़ी रहेगी।

अस्पताल के नियम थे। वहां रोज-रोज आदमी मरते हैं। अस्पताल ने सही व्यवस्था की हुई है। सिर्फ जिसके साथ हादसा हुआ है उसे भी उसी रोज की सूची में शामिल कर लिया जाता है। व्यवस्था तो हर कहीं ऐसी ही होती है! आप उसे असंवेदनशील कह लें या जो भी। अमरेश खामोश रहा।

अमरेश थोड़ी देर बाद कौतूहलवश फिर से चला गया था मरीज के कमरे में। वहां उसे एक नीले प्लास्टिक के थैले में कस के बांध दिया गया था ताकि कोई कीटाणु बाहर न जाये। वह बस एक लंबे आकार की नीली गठरी बना बैठा था। वह अब बात भी नहीं कर सकता था उससे। वरना वह सोच कर कि मृत की आत्मा शायद सुन रही हो, या ना भी, वह बहुत कुछ कह देना चाहता था पर गठरी से क्या कहता। उसमें से दोस्त का कोई भी अंग झलक नहीं रहा था।

बाहर आया तो दोस्त की पत्नी कहने लगी कि वह भी अस्पताल

छोड़ने से पहले उसे देखकर जाना चाहती है । अमरेश उसे कमरे में ले गया तो कुछ कर्मचारी उसे स्ट्रेचर पर लादे पोस्टमार्टम के लिये जा रहे थे, वह फफक पड़ी । जब से मौत का फैसला सुनाया गया था वह सन्न-सी हुई पड़ी थी । अब अमरेश का काम उसे संभालना था । वे लोग घर की ओर चले ।

अगले दिन उसे फयूनरल गृह का पता करना था और वहां के डायरेक्टर से सारी बातचीत करनी थी । यह काम पहले उसने कभी नहीं किया था । पहले कभी इतने करीबी दोस्त की मौत हुई ही नहीं थी कि उस पर यह बोझ आ पड़े । मौतें तो परदेस में भी होती ही रहती हैं पर वह एक दूर के रिश्तेदार की तरह मुख्य अन्त्येष्टि क्रिया में ही शामिल हो जाता था । सगों को कुछ ढाढ़स के शब्द कह देना । इससे ज्यादा कुछ नहीं करना पड़ा था । यहां तक कि जब उसके पिता की मौत हुई तो वह अमरीका में ही था । जब तक भारत पहुंचा चाचों-तायों ने सारे इंतिजाम क़र रखे थे । बस उसे जुलूस में शामिल होना था और पिता के लिये आवश्यक रस्में अदा करनी थी । यूं वह सब भी आसान नहीं था । पर एक नये देश में इस संकट का सामना करने में वह भीतर ही भीतर बहुत टूट और बिखर रहा था । न तो वह रो पा रहा था न चैन से बैठ पा रहा था । जैसे कि मुसीबत तो जो आयी सो आयी, साथ ही यह कर्त्तव्य की जो नयी पुकार ले कर आयी थी, उसका जवाब देना न तो उसे आता था, न ही वह इसके लिये तैयार था । फिर भी जानता था कि उसके सिवा यह काम कोई और नहीं करने वाला । सबको मालूम है कि वही अपने दोस्त का सबसे करीबी है और उसने यह सब निभाने के लिये अगुआपन भी दिखाया था सो किसी और को आगे आने के लिये कहना भी नहीं पड़ा । यूं उसकी अपनी पत्नी रेखा भी ज्यादातर साथ ही थी । सो वह पूरी तरह अकेला भी नहीं था लेकिन पत्नी ज्यादा से ज्यादा एक साउंडिंग बोर्ड की तरह थी । जो भी उसे करना होता वह हां में हां मिलाती और साथ देती । इससे उसे कुछ आसानी जरूर हो जाती थी । उसकी समझ से कुछ गलत हो रहा हो तो इशारा भी कर देती ।

फयूनरल गृह में अजीब तरह के फैसले करने पड़ रहे थे उसे, जो वह अपने आप से ले नहीं सकता था पर जब दोस्त की पत्नी कालिंदी से फोन पर कुछ पूछता तो उसकी ओर से देर तक खामोशी ही बनी रहती । वह सुन्न-सी कुछ भी कहने के काबिल न होती । अमरेश को अंदाज ही नहीं था कि ऐसे कोई सवाल भी होते या पूछे जाते हैं । एक सवाल का जवाब तो आसान था कि लाश को दफनाया नहीं जायेगा, दाह गृह में जलाया जायेगा । लेकिन दाह गृह ले जाने से पहले फयूनरल गृह में शरीर के दर्शन कराये जायेंगे ? अगर दर्शन कराये जायेंगे तो आधे घंटे के लिये या ज्यादा क्योंकि उसी हिसाब से फयूनरल गृह का किराया चुकाना होगा, अगर लाश के दर्शन करेंगे लोग तो कितने लोग होंगे... बड़ा कमरा बुक करना होगा या कि छोटा, उसी हिसाब से दाम ऊपर नीचे होंगे । यह भी कि अगर दर्शन करने लोग आयेंगे तो शरीर को सड़ने गलने से बचाकर रखना होगा इसका मतलब है कि उसे विशेष प्रकार की औषधि से इंजेक्ट करना होगा ताकि इस गर्मी के मौसम में उसे निर्गंध बनाया जा सके । हां उसे कपड़े भी पहनाने होंगे । क्या आप मृत का मनपसंद सूट टाई वगैरह लायेंगे या कि हम दें, क्या उसे जूते पहनाना चाहेंगे या सिर्फ मोजे ?

अमरेश बौखला रहा था । एक सवाल का जवाब किसी तरह देता तो दूसरा पहले आ खड़ा होता । कई सवाल उसने लिख लिये कि सोच कर जवाब देगा यानी कि या तो उसकी पत्नी से या किसी दोस्त से पूछेगा ।

फयूनरल घर के डायरेक्टर ने कहा—आप को मृत के मनपसंद कपड़े वगैरह लेकर तो आना ही है, पैसे भी जमा कराने होंगे । लाश को अस्पताल से लाने के पैसे तो अभी देते जाइये । बाकी का खर्चा आप क्रीमेशन वाले दिन दे सकते हैं ।

जी कितने का इंतिजाम करूं ?

उसने दस हजार डालर की रकम बतायी । अमरेश को वह बहुत ज्यादा लगी । पर अब कहां कोई सस्ती जगह ढूंढ़े । इससे सस्ती कहीं होगी भी या नहीं । किसके पास फुरसत या दम है ?

डायरेक्टर कहता ही रहा था—और हम आपके लिये दो लिमो का इंतिजाम करेंगे । एक में लाश जायेगी, दूसरी में पत्नी या जो भी और करीबी लोग । अगर इससे ज्यादा चाहिये तो एक्स्ट्रा दाम होंगे । हम एक रीथ और दो बड़े-बड़े गुलदस्ते भी लाश के इर्द-गिर्द रखते हैं और ज्यादा रखवाना चाहें तो वह भी किया जा सकता है पर उसके एक्स्ट्रा डालर लगेंगे ।

बहुत साल पहले अमरेश हरिद्वार गया था तो पंडों ने कुछ इसी तरह किया था पर तब उसकी नयी-नयी शादी हुई थी । वह बहुत खुश था और पंडों को खुशी से दिया भी था । यूं भी पंडों की मांग उसकी आमदनी के हिसाब से ज्यादा बड़ी नहीं लगी थी । जहां बड़ी लगी वहां वह उनको डांट भी देता था । दादाजी ने पहले ही उसे समझा दिया था कि वह इतना कहेंगे और तुम कम करके इतना कहना । वह उस सारी स्थिति के दरअसल काफी मजे लेता रहा था ।

फिर उसके बाद पिता की मौत पर जब हरिद्वार गया तो चाचा साथ थे । उन्होंने ही सब संभाला हुआ था । वही जो कुछ कहते रहे, उसने कर दिया था ।

पर अब वह सहमा हुआ था । सुन्न । एक नासमझ अनाड़ी बालक सा जो कुछ कहा जा रहा था, उसे एक गुस्सैल बाप के कहे की तरह खामोश, चुपचाप सुन रहा था, जैसे एक अजीब खौफ ने लपेट लिया था उसे । कोई सही-गलत का अहसास नहीं रहा था । कोई तर्क-वितर्क की हिम्मत या जगह नहीं थी यहां । तर्क शक्ति को ही जैसे लकवा मार गया था ।

अजीब-सी मजबूरी का अहसास हो रहा था । जैसे किसी खौफनाक जंगल में अंधेरे और खतरों से घिरा वह अकेला पड़ गया हो । न तो रास्ता पता हो न ही कि किस तरफ से बाहर निकला जा सकता हो, न ही रौशनी का कोई सुराग किसी तरह की हिम्मत या रास्ते का अता-पता दे रहा हो ।

अमरेश का मन हो रहा था कि बस हो गया, कि वह अब वहां से भाग निकले ।

पता नहीं क्यों उसे रूलाई-सी आ रही थी । मन पता नहीं कच्चा-कच्चा-सा होने लगा था जैसे कि अभी उल्टी हो जायेगी । ज्यों ही उसे अहसास होता कि वह कहां बैठा है और क्यों बैठा है, उसका दिल डूबने-सा लगता और भीतर मितली-सी मच जाती ।

डायरेक्टर ने दुबारा जोर देकर कहा–ठीक है पर नीचे चलकर देख तो लीजिये ।

अमरेश को वह नीचे ले गया । अमरेश ने किसी पुराने चर्च के अजायब घर में ऐसे कलश देखे थे । कभी और देखता तो उनके कलात्मक आकार की तारीफ ही करता । पर कभी सोचा भी नहीं था कि इनमें राख डाली जाती है । फूलदान और भस्मकलश के आकारों में तो बहुत अंतर नहीं । पता नहीं उसने कभी इस नजर से कलश को देखा भी नहीं । हरिद्वार में जो गंगाजल के कलश होते हैं उनका आकार तो कुछ अलग था । वह तो दोस्तों में बांटने के लिये कई छोटे-छोटे कलश उठा लाया था अमरीका । पर यहां आकर उसके दोस्त ने ही डांट लगायी थी–यह गंगाजल तो मरने पर मुंह में डाला जाता है । यह कैसा उपहार ले आया है तू । किसी और को मत देना । वरना सोचेंगे कि उनको मौत बख्श रहा है ।

वे लोग काफी देर तक इस बात को लेकर हंसते रहे थे ।

अमरेश ने गौर किया कि इन कलशों पर बाकायदा खुदाई का काम है । अलग-अलग रंगों और आकारों के हैं । कुछ सादे भी हैं पर उनका कांसा कैसा चमक रहा है ! अजायबघरों में सजे कितने ही कलश उसकी आंखों में घूम गये ।

कालिंदी ने अगर सचमुच ही इसे यादगार बनाकर रख लिया तो...? नहीं यह सही नहीं होगा । कितना अस्वस्थ कर देगा उसे घर में पति की राख के कलश का होना ? नहीं नहीं । बेचारी कालिंदी को बचाना होगा इस सब से । अमरेश का मन ढेर सारी सहानुभूति और करूणा से उमड़ पड़ा था ।

उसके पिता की राख तो एक पोटली में ही बांधी गयी थी । वैसे ही उसे हरिद्वार की गंगा में बहा दिया गया था ।

यहां क्या करना होगा ? खैर यह फैसला अभी तो नहीं लेना होगा । यूं दरिया तो यहां बहुत हैं । हडसन नदी तो घर के एकदम पास है । किसी भी दिशा में चले जाओ, चाहे कनैक्टीकट की तरफ या फिलाडेल्फिया, दरिया आते ही रहते हैं । पर यह फैसला तो कालिंदी का ही होगा ।

उसे यह भी डर लग रहा था कि वह दोस्त की पत्नी से कैसे कहेगा यह सब बातें । कलश चाहिये होगा या नहीं । कपड़े तो उसी को देने होंगे । कलश का फैसला भी तो उसी को करना होगा ।

अचानक यह भी ध्यान आया कि वह तो दोस्त के दूर-दराज के रिश्तेदारों को जानता भी नहीं जिनको मौत की सूचना देनी चाहिये । दोस्त की पत्नी को ही यह सब पता होगा । यूं बहुत रिश्तेदार तो न उसके थे न उसकी पत्नी के । जो थे वे दूसरे शहरों में रहते थे । बच्चा उनका कोई था नहीं । होता तो वही संभालता ये रूखसती के काम । अखबार में शायद निकलवाना होगा तो बहुतों को अपने आप ही पता लग जायेगा । तो यह काम आसान हो सकता है ।

पता नहीं कैसे वह उसे कह पाया था उसके कपड़े देने के लिये। वह खामोश रही कुछ देर । फिर बोली–कैसे कपड़े ? पिछली बार वह भारत से बहुत सुंदर-सुंदर रेशमी कुर्ते-पाजामे लाया था । शायद वे पहनना उसे अच्छा लगेगा ।

वह कुछ पल खामोश हो गयी । फिर कहते-कहते उठी–पर रोज-रोज तो वह हिन्दुस्तानी पोशाक नहीं पहनता था । ज्यादातर तो सूट पहनना चाहिये ? पर उसे कैजुअल तैयार होना ज्यादा पसंद था, पार्टियों में सूट पहनने से तो चिढ़ होती थी उसे । कहता था दफ्तर थोड़े जा रहा हूं जो सूट पहनूं । वह तो वहां भी ब्लेजर पहनना ही ज्यादा पसंद करता.. ।

वह उसकी वार्डरोब के हर कमीज, कोट, पैंट, टाई, टी-शर्ट को हाथ लगाती जाती, नये सिरे से फूट पड़ती । पता नहीं कितनी-कितनी तो यादें जुड़ी होंगी उस सब से । फिर कुछ थमी यह जैकेट उस पर खूब फबती थी । फिर वह सारी कमीजें निकालकर देखने लगी कि कौन-सी

सही रहेगी । कभी आंख पर धर लेती कि आंसू भी ऐसे ही पुंछ जायें, या चेहरे से लगाती जैसे कहीं अपने पति की खुशबू ढूंढ़ रही हो वहां ।

कुछ देर वह बहुत खामोश बस देखती रही । फिर एक कमीज हाथ में लेकर बोली—यह मैंने उसे जन्मदिन पर दी थी । उसे बहुत पसंद थी । और अमरेश के हाथ में पकड़ा दी । क्या था उस पल उन आंखों में जिसे अमरेश अनदेखा नहीं कर सका । कितनी खाली थी वे आंखें। एकदम जीवन से रिक्त । क्या फिर से कभी इनमें जीवन का रंग, रौनक आ पायेगी ! जब दोस्त जिंदा था तो कैसे जीवन महकता था इन्हीं आंखों में । दूसरे ही पल दोस्त सहसा जी उठा था उन्हीं आंखों में ।

वह कह रही थी—

—वो कलश कह रहे थे न तुम । वह तो जरूर लेना ।

—उसका एक्स्ट्रा लगेगा ।

—चाहे जितना भी लगे । उसे हर चीज में ऐस्थेटिक्स का बहुत ध्यान रहता था । मैं भी चाहती हूं, सब कुछ में उसकी कलात्मक सुरूचि झलके ।

वह अचानक बोल रही थी ।

वह ठीक कह रही थी । अमरेश ने सोचा । जो आध्यात्मिक सौंदर्य लोग धर्म में खोजते हैं, वह उसे कलाओं में खोजता था । अमरेश ने कमरे की दीवार पर लगे एक इतालवी चित्रकार के दोनों चित्रों को सराहते हुए कमरे की सुरूचिपूर्ण सज्जा पर एक सरसरी निगाह दौड़ाई। खिड़की के पास कोने में महकता हरा-भरा फाइकस का पेड़ जो एक बहुत ही खूबसूरत कांसे के गमले में उगा हुआ था, दूसरे कोने में लंबे आकार का लैंप जिसका शेड गोलाकार-सा ओपेक रंग का था और जिसकी धुंधलाती-सी रोशनी जब कांसे के गमले और पेड़ के साथ-साथ नीलापन लिये सिलेटी सोफे पर पड़ती तो कमरे में एक रहस्यमय वातावरण बन जाता । कालिंदी और भी कह रही थी—

हां फूल । ढेर सारे फूल होने चाहिये उसके आसपास । खुशबूदार... गुलाब ओर लिलीज । सफेद गुलाब । लाल नहीं पसंद थे उसे । एक दो हरे पौधे भी रखवाना वहां ।

अचानक उसे ऐसा महसूस हुआ जैसे उसके दोस्त का जन्मदिन आनेवाला हो और वह उसकी पत्नी के साथ मिलकर सरप्राईज पार्टी का इंतिजाम कर रहा हो । एक बार दोस्त और उस ने मिलकर उसकी पत्नी के जन्मदिन की पार्टी की योजना बनायी थी और पार्टी एकदम लाजवाब रही थी । सचमुच की सरप्राईज रही थी । वह उन दोनों के इंतिजाम पर बहुत हैरान हुई थी ।

दहशत की रेखा अमरेश के अंदर तक खिंच गयी ।

फयूनरल गृह का वह कमरा महक गया था । लकड़ी के खुले बक्से में लेटे हुए प्रैस किये पैंट कमीज और चेकदार जैकेट पहने उसका दोस्त सचमुच खूब जंच रहा था । गले में बंधी टाई उसे खूब चुस्त-दुरूस्त दिखा रही थी । जैसे कहीं जाने की तैयारी में इतना टिपटाप सजा-धजा हो । उसे तैयार होने का बाकायदा शौक था । अमरेश और वह किसी पार्टी में साथ जाते तो एक काम्पीटिशन-सा रहता कि कौन ज्यादा बढ़िया तैयार हुआ है । अनायास ही अमरेश के ओठों से निकला-यार आज तो बाजी मार ले गये !

अमरेश ने पास जाकर उसके चेहरे को भावावेश में आ छुआ तो वह एकदम बर्फ की तरह सर्द और सख्त था । इस तरह सख्त जैसे पत्थर का बना हो ।

अमरेश कुछ पीछे हटा । जैसे यह उसके दोस्त का शरीर नहीं, रसायनों से भरा उसका खोल भर था । डायरेक्टर की बात याद आ गयी। उसने तो कहा ही था कि अगर दिखलाई करनी है तो शरीर में कुछ दवा भर कर उसे देर तक रहने लायक बनाया जायेगा ।

चेहरे पर भी मेकअप किया हुआ था । शायद इसी से उसमें एक बनावटी-सी गुलाबी चमक आ रही थी । तो जिस शरीर के अंतिम दर्शन लोग कर रहे थे-वह दवाओं से भरा एक पुतला भर था । हां पर अभी उसकी सूरत उसके दोस्त से मिल रही थी । कपड़े भी दोस्त के थे, जैकेट तो बहुत जानी पहचानी थी । दोस्त की पत्नी चूंकि रिश्तेदारों से घिरी थी वह उसका चेहरा देख नहीं पाया पर सोचता रहा कि अगर वह उसे छुएगी तो कैसा लगेगा उसे ! एक सर्द लहर सर से पांव तक

गुजर गयी ।

थोड़ी ही देर में सब गाड़ियों में बैठ गये थे और फयूनरल प्रोसेशन दाहगृह की ओर रवाना हुआ दोस्त की पत्नी लिमो में अपने रिश्तेदारों के साथ ही बैठी थी । सबसे आगे की लिमो में दोस्त के शव का ताबूत था जिस पर ढेर सारे फूल सजे थे । अमरेश गाड़ी में अपनी पत्नी के साथ फयूनरल प्रोसेशन में शामिल हो गया ।

दिन खुला था, खूब-खूब धूप और बादलहीन नीला आकाश । ऐसा मौसम जब-जब होता दोस्त का फोन जरूर आता कि चलो बाहर निकला जाये । अमरेश अब भी सुन रहा था । यार क्या खूबसूरत दिन है । क्या काम में लगे रहते हो, जिन्दगी बहुत छोटी है, हर पल का स्वाद लो ।

और अमरेश ने आंख की कोर के गीलेपन को बायें हाथ से पोंछते हुए खुद से कहा हां जिंदगी का कोई भरोसा नहीं ।

लोग पहले से ही वहां पहुंचे हुए थे । जिस कमरे में ताबूत को लाकर रखा गया था वहां भी फूलों के गुलदस्ते सजे थे । एक दोस्त ने गीता का प्रवचन किया । अमरेश को भी कुछ कहना था । उसके पास बहुत कुछ था कहने को लेकिन कहते हुए उसका गला रूंध गया था ।

ताबूत को दाह कक्ष ले जाया गया और अमरेश को ही आग चालू करने का स्विच दबाना था । उसकी पत्नी से कैसे कह सकता था यह काम । कल तक जो पति के सानिध्य में सबला थी, गर्वीली थी, आज एकदम रक्तहीन जीव की तरह निढाल थी । कुछ मर गया था उन आंखों में भी ।

वे लोग कुछ मिनट के लिए ही दाहकक्ष के बाहर वाले कमरे में बैठे जहां से पारदर्शी शीशे से लाश का जलना देखा जा सकता था । इस दृश्य को झेलना भी आसान काम नहीं था । एक बार लाश का जलना शुरू हो गया तो वे बाहर आ गये । कुछ लोग पहले ही जा चुके थे । अमरेश को बताया गया कि तीन दिन बाद वह राख का कलश लेने आ सकता है ।

जिस दिन राख लेने जाना था, सुबह से ही तेज बारिश होती रही।

वे लोग रास्ता भी भूलते रहे और काफी देर बाद दाह गृह पहुंचे ।

एकदम सूनी-सी लग रही थी वह जगह । अमरेश की पत्नी ही आगे दाह गृह के बायीं तरफ बने दफ्तर की ओर गयी और उनको आने का मकसद बतलाया । वह पीछे-पीछे बारिश से बचाते हुए दोस्त की पत्नी को अपने छाते के नीचे ला रहा था । वे दफ्तर पहुंचे ही थे कि एक अमरीकी महिला अमरेश की पत्नी को कलश थमा रही थी । पत्नी सीधे से इन दोनों की ओर बढ़ी और दोस्त की पत्नी के हाथ में कलश पकड़ा दिया ।

दोस्त का नाम कलश की गर्दन में लिपटे धागे में लटक रहा था । अमरेश ने लक्ष किया कि कालिंदी के हाथ कांप रहे थे । उसका पूरा शरीर कांप रहा था । उसने आगे बढ़ कलश को थामना चाहा । कलश भारी लग रहा था । पर वह इस तरह जोर से उसे छाती से चिपकाये थी कि जैसे वह कलश उसके शरीर से अलग नहीं हो सकता था । वह उसी तरह कलश चिपकाये-चिपकाये गाड़ी की ओर बढ़ी । उसे बारिश का चेत नहीं था ।

रास्ते भर गाड़ी में खामोशी छायी रही । दोस्त का घर आ गया तो अमरेश को लग रहा था कि उसकी पत्नी को अकेले घर में छोड़ना सही नहीं होगा ।

धीरे से कहा– तुमको डर नहीं लगेगा ।

वह कुछ बोली नहीं । अमरेश को तसल्ली नहीं हुई । फिर कहा– कलश के साथ... घर में अकेले ? डर नहीं लगेगा ?

वह बड़ी दृढ़ता से बोली–डर कैसा । उसी के तो साथ हूं ।

अमरेश ने उसे घर पर छोड़ तो दिया पर वे लोग कुछ देर उसके साथ घर के अंदर रहे । वह सीधे अपने शयन कक्ष में चली गयी थी। वहीं कहीं कलश रख कर बाहर लौटी और बोली–मैं ठीक हूं । आप लोग बेशक चले जाईये ।

शायद उसे एकांत चाहिये था । वे लोग चले आये पर अमरेश चैन से सो नहीं पाया ।

अमरेश के मन में सारी रात ध्यान आता रहा कि कहीं दोस्त की

पत्नी सचमुच डर न रही हो । पता नहीं कहां से उसके मन में भूत-प्रेत की बात आ गयी थी कि घर में ज्यादा देर राख को नहीं रखना चाहिये। सोचा कि कल ही वह दोस्त की पत्नी से कहेगा कि जल्द से जल्द फैसला करे कि राख को कहां समाधिस्थ करना है ? भूत-प्रेत की बात कालिंदी के मन में भी तो आ सकती थी । कालिंदी ने फैसला करने में पूरा हफ्ता लगा दिया । एक दिन बोली-उसे पहाड़ सबसे ज्यादा पसंद थे, नदी या सागर नहीं । मैं मैसाच्यूसट्स जाना चाहती हूं । उसकी पसंदीदा पहाड़ी पर । वहीं बिखेरेंगे उसकी राख ।

आने वाले शनिवार को वे लोग गाड़ी लेकर निकल पड़े थे । चार-पांच घंटे की ड्राईव थी सो रात को वहीं रूकने का प्रोग्राम था । कलश को दूसरे सामान के साथ पीछे ट्रंक में रख दिया था । उस दिन पहुंचते-पहुंचते शाम ही हो गयी थी । फैसला हुआ कि अगली सुबह जल्दी निकल कर यह काम किया जायेगा ।

अगली सुबह नाश्ता खाकर निकले तो काफी देर वे भटकते रहे। हरियाली से चिन्हित रास्ते देखने में बहुत बार एक से लगते हैं पर पहुंचाते तो अलग-अलग जगह ही हैं । नहीं यह नहीं, यह जगह भी नहीं, यही सब होता रहा । ग्यारह बज चुके थे । अमरेश कुछ नर्वस हो रहा था । उसके मन में था कि यह काम तो अब करके ही जाना है । देर होने से लोगों के आने का भी खतरा होगा । लोगों के सामने भला वह राख कैसे बिखरायेगा । क्या जाने यहां के लोग क्या सोचें ! कोई जादू-टोना कर रहा है ? वह देखने में भी हिन्दुस्तानी है, क्या जाने ।

कोई यह ही न समझ बैठे कि कोई आतंकवादी कोई कैमिकल बिखरा रहा है । सो यह बहुत जरूरी था कि यह काम तब किया जाये जब कोई देख न रहा हो । पर अपने मन के ये डर वह दोस्त की पत्नी से नहीं कह पा रहा था ।

अचानक वह बोली थी-अरे यही सड़क है । इधर मुड़ो तो । सामने सिर्फ पहाड़ ही पहाड़ दीख रहे थे । तरह-तरह की वनस्पतियों से ढके, गहरे हरे, लुभावने पहाड़ । उनके बायीं ओर एक घर बना हुआ था । बस एक इकलौता घर । घर के आगे ही एक भूसौरा बना हुआ था ।

जहां उनके जानवर रहते होंगे । पर अभी वह घर एकदम खाली था । भूसा घर भी खाली । कोई कार नहीं खड़ी थी । अगर कोई रह भी रहा होगा तो घर पर नहीं था ।

दोस्त की पत्नी ने कहा–यहां कोई रहता नहीं । पहले भी आये थे तो कोई नहीं था । हम सारा दिन यहीं बैठे रहे थे । शायद यह घर बिकाऊ है । हमारे पास इतना पैसा नहीं था नहीं तो वह इसे खरीद ही लेता । देखो न कहीं बोर्ड पर लिखा भी नहीं प्राइवेट प्रापर्टी । आराम से हम इन पगडंडियों पर चलते रहे थे । एकदम खुला नजारा है । जहां तक नजर है, जहां तक नजर जाती है बस पहाड़ ही पहाड़ फैले हैं। एक खुलापन है यहां । पहाड़ियां घेरे हुए भी नहीं है । यही जगह उसे पसंद थी । पिछली बार जब छुट्टी पर यहां आये थे तो तीनों दिन हम यहां आते रहे ।

तो यहीं... अमरेश बोला ।

हां लेकिन ऐसे नहीं । एक बार घर का दरवाजा खटखटाकर देख लो । कोई अंदर तो नहीं । मैं साड़ी ब्लाउज लायी हूं । कुछ पूजा करूंगी पहले ।

दरवाजा खटखटा कर कोई जवाब न मिला तो वे निश्चिंत होकर काम में लगे । दोस्त की पत्नी ने घर के पिछली ओर की आड़ में जाकर साड़ी पहन ली । अमरेश की पत्नी आईना पकड़ कर खड़ी थी । दोस्त की पत्नी ने चेहरे पर काम्पेक्ट लगाया, ओठों पर गुलाबी लिपिस्टिक, आंख में कजरा लगाया, माथे पर काली बिंदी । अचानक बहुत दिनों बाद वह फिर से बहुत आकर्षक लग रही थी ।

अचानक कितनी ही खुशनुमा शामें अमरेश की आंखों से गुजरी जब दोस्त और उसकी पत्नी खूब सजे-धजे पार्टियों में आते और वह उन दोनों के पहनावे की तारीफ किये बिना न रह पाता ।

अमरेश के मन नें हल्की-सी कचोट हुई । बेचारी ने कितने दिन से सिंगार छोड़ा हुआ है । लेकिन यह कौन-सा अनुष्ठान है ? किसके लिये सज रही है यह ? पर यह सब सोचने पूछने का वक्त उसके पास नहीं था । वह चाह रहा था कि जल्द-से-जल्द अनुष्ठान पूरा हो और

वे बिना किसी मसले के यहां से निकल चले । यहां चाहे लिखा न हो पर वह जानता है कि प्राइवेट प्रापर्टी पर इस तरह कोई उनको बैठा देख लेगा तो क्या जाने गोली ही दाग दे । ठीक है कहीं कुछ लिखा हुआ नहीं है । यहां कोई बाहर के लोग शायद आते ही न होंगे । पर कौन जाने कब कौन आ धमके । उसी को तो सब संभालना होगा । दोनों पत्नियां तो इस मामले में कुछ सोच नहीं रहीं । सब आराम-आराम से कर रही हैं ।

उस घर के दायीं ओर एक घना-सा मेपल का दरख्त था । पुराना पेड़ होगा । खूब मोटा तना था । दोस्त की पत्नी ने कहा कि वह यहीं बैठ कर पहले पूजा करेगी, कलश की कुछ राख यहीं बिखेरेगी, बाकी पहाड़ी पर ।

उसने कुछ मंत्र पाठ किया । एक बोतल में जल लायी थी । पहले उसे छिड़काया, पेड़ के तीन चक्कर लगाये और हर चक्कर में वह थोड़ी-थोड़ी राख बिखेरती जाती ।

अचानक एक ओर से एक कार आयी । एक गोरा व्यक्ति निकला। वह इनको वहां देख हैरान था । अमरेश ने अचानक स्थिति को समझा। वह उसकी ओर बढ़ा, हाथ मिलाया । अपना परिचय दिया और कहा कि वे लोग वहां घूम रहे हैं । बहुत सुंदर जगह है । और साथ ही वह उससे पूछने लगा कि वह घर कितने में बिकेगा इत्यादि । वह व्यक्ति उस जगह का मालिक नहीं था और भूसा घर की नाप लेने आया आ. र्किटेक्ट था । कहने लगा कि इस भूसे घर को भी मालिक कमरों में तब्दील करना चाहते हैं सो वह दरवाजे वगैरह का नाप लेने आया है। दोनों पत्नियां कलश को अपने शरीर के पीछे ढके थम गयी थीं । वहीं से कुछ-कुछ जगह की तारीफ में कहे जा रही थी । अमरेश ने हिंदी में उनको समझा दिया था कि चेहरे के भाव बिलकुल एक सामान्य पर्यटक वाले ही रखना । घबराने की जरूरत नहीं । लेकिन भीतर ही भीतर अमरेश खुद घबराया हुआ था । कहीं इसे कलश दिख गया तो? क्या सोचता होगा कि घूमने आयी यह औरत इतना सजी-धजी क्यों है ? जबकि दूसरी तो साधारण वस्त्र में है । इन लोगों को तो हिन्दुस्तानी

कपड़े भी कासट्यूम जैसे लगते हैं । क्या जाने मन में क्या सोचे !

अमरेश मन ही मन जवाब खोज रहा था संभावित सवालों के ।

आदमी को भी उनसे बात कर कुछ तसल्ली हुई होगी कि ये लोग चोर-उचक्के तो नहीं हैं और वह नाप लेकर चला गया ।

उसके जाते ही अमरेश ने चैन की सांस ली पर उसकी हड़बड़ाहट बढ़ चुकी थी । दिल की धड़कन तेज होती जा रही थी । अब उसे किसी पल भी किसी के आने का अंदेशा हो रहा था ।

उसने दोस्त की पत्नी से कहा–जरा जल्दी से अनुष्ठान खत्म कर लो । शुक्र करो उसने कुछ देखा नहीं.... वर्ना... ।

अनुष्ठान फिर से शुरू हुआ । दोस्त की पत्नी आंखें बंद करके पूजा कर रही थी । उसने कलश को चूमा, माथे से लगाया और अमरेश के हवाले करती हुई बोली–अब इसे सारे पहाड़ पर बिखेर दो ।

अमरेश ने कुछ आगे जाकर तेजी से कलश से राख निकाल-निकाल कर बिखेरनी शुरू की । वह अपनी ओर से जल्दी-जल्दी कर रहा था। जबरदस्त डर कि कहीं फिर कोई गाड़ी अचानक आ न धमके और उसे ऐसा करते देख ले, तब वह क्या सफाई देगा ? ये लोग तो हमारे रीति-रिवाज कुछ समझते नहीं । क्या जाने क्या सोचें कि कोई वूडू जैसा कोई जादू टोना कर रहा है ।

लगता था कि राख जैसे खत्म ही न होगी । निकलती ही चली जा रही थी । उसने कलश को उल्टा कर दिया । कलश का मुंह बहुत छोटा था सो राख थोड़ी-थोड़ी ही निकलती थी । फिर कलश के अंदर वह एक प्लास्टिक के थैले में थी जिससे और भी धीरे-धीरे निकल रही थी । उसे अंदर उंगली डाल-डाल कर निकालना पड़ रहा था ।

वह अब बेतहाशा दौड़ रहा था और कलश को उल्टाता हुआ पहाड़ी के ज्यादा-से-ज्यादा हिस्से को नापने की कोशिश कर रहा था कि जैसे इस पूरे पहाड़ पर ही उसके दोस्त के निशान अंकित हो जायें और उसकी पत्नी की अभिलाषा भी पूरी हो ! वह पहाड़ी की उतराई पर काफी नीचे तक चला गया था । कलश अब भी उसके हाथ में था। वह कलश को वापिस साथ नहीं ले जाना चाहता था । डर था कि

पत्नी फिर से छाती से चिपका कर यादगार बना कर रख लेगी। लेकिन कलश तो इतना बड़ा था, उसे फेंके कहां ? कोई देख लेगा तो ? उस पहाड़ पर छोटे पौधे या वनस्पतियां नहीं थीं जहां कलश छुप सकता। हरी दूब का फैलाव था जो दूर-दूर से साफ दिखता था।

उसने लगभग हांफते हुए कलश को गेंद की तरह उछाल कर फेंका पर वह लुढ़कता हुआ कुछ दूर पर जाकर रूक गया। उसने आस-पास देखा। खूब हरी घास थी और इधर-उधर बिखरे पेड़। कलश को छुपाने की कोई जगह नहीं थी। जहां वह खड़ा था, कलश सूरज की किरणों के स्पर्श से खूब चमक रहा था। किसी की भी जिज्ञासा का कारण बन सकता था। एक डर कौंधा। उसे जल्द-से-जल्द लौटना चाहिये। कोई आ ही गया तो !

उसने कलश की तरफ इस तरह देखा जैसे कि दोस्त से दगा कर रहा हो। पर वह मुड़ गया और वापिस भागा जहां दोनों पत्नियां उसका इंतिजार कर रही थीं। चढ़ाई थी और वह बुरी तरह पसीने से तर था पर वह रूका नहीं, न पीछे मुड़कर देखा। उसे लगा कि जैसे अभी कोई आकर उससे पूछेगा कि यह कलश यहां क्यों फेंका ? नहीं-नहीं वह प्रदूषण नहीं फैला रहा। कोई कैमिकल नहीं। यह तो महज राख है। उसके दोस्त की राख। मिट्टी में मिल जायेगी। नदी में भी तो बहाया जाता है। गलत क्या हुआ।

पंचतत्वों को तो पंचतत्वों में ही मिलना होता है।

दोनों पत्नियां वहीं मेपल के पेड़ के नीचे उसका इंतिजार कर रही थी। उसे हांफता देख हैरान-सी हुई।

उसने झटपट दोस्त की पत्नी से कहा–हमें अब यहां से निकल जाना चाहिये। इससे पहले कि कोई ऐसी वैसी बात हो ! दोस्त की पत्नी बोली–मैं जरा कपड़े बदल लूं ?

अमरेश उसकी नासमझी पर खीझता बोला–उसकी क्या जरूरत है। कार में ही तो बैठना है।

पर वह मानी नहीं।

बस एक मिनट लगेगा। शायद रास्ते में हाथ मुंह धोने तो रूकेंगे।

कहकर मकान के पिछली तरफ कपड़े बदलने चली गयी ।

अमरेश के लिये एक-एक पल दूभर हो रहा था जैसे कि बस कोई आया ही आया । जबकि दोस्त की पत्नी के चेहरे पर काम पूरा हो जाने की तसल्ली थी ।

जंगल की उस सड़क से निकलते हुए अमरेश को बार-बार ऐसा लग रहा था कि जैसे कोई उसका पीछा कर रहा हो ।

मुख्य सड़क पर एक बार पुलिस की गाड़ी उसके पीछे थी । वह भीतर तक कांप गया–पुलिस को पता चल गया है । वह मुझे पकड़ने आयी है ।

वह किनारे होने ही वाला था कि ध्यान आया–भला पुलिस को पता कैसे लगा होगा ? क्या उस आर्किटेक्ट ने बताया होगा ? पर उसने तो कुछ देखा ही नहीं था ।

तो क्या पुलिस ने पहाड़ी पर गिरा वह कलश देख लिया...

पुलिस की गाड़ी आगे निकल गयी तो उसे कुछ चैन आया ।

मैसाच्यूसट्स की सीमा बिना किसी घटना के पार हो गयी । वे लोग घर भी ठीक-ठाक लौट आये । पर सारे रास्ते वह सोचता रहा कि क्या उसका डर निराधार था ? क्या उस डर की वजह यही थी कि वह एक नयी जमीन पर है कि जहां का होकर भी वह शायद हो नहीं पाया है! कि सालों से रहकर भी जिसे वह पूरी तरह जान नहीं पाया है! या कहीं भी होता तो यह डर हो सकता था ?

दिन बीत गये । इस बारे में न तो किसी ने कुछ कहा न कुछ घटा। कलश की बात आयी गयी हो गयी । पर दोस्त की याद बराबर आती, बहुत तरह से उसकी कमी महसूस होती । रोजमर्रा की जिंदगी में बहुत कुछ था जिनका अब बांटना तकलीफ दे जाता था । दोस्त की पत्नी को बार-बार अमरेश की जरूरत पड़ती । हर महकमे को उसकी मौत की सूचना देनी होती । बैंक अकाउंट अब सिर्फ पत्नी के नाम होगा, मकान सिर्फ पत्नी के नाम करना था, फोन, केबल, बिजली, पानी के सारे बिल सिर्फ पत्नी के नाम से ही आयेंगे हर जगह उसके न होने की खबर ! एक दिन कहने लगी–यह क्या है ? हर जगह से उसका

नाम, उसका अस्तित्व मिटा देने की ही कोशिश है जैसे कि वह यहां कभी था ही नहीं ।

अमरेश को एक अपराधभाव-सा महसूस हुआ । वह खुद भी तो यही कर रहा है कि दोस्त की कोई भी यादगार कालिंदी को तकलीफ न दे ।

वह उसके न होने को भी भरसक होने में बदलना चाहती थी जैसे कि वह कहीं आस-पास ही हो और यह केवल उसी को मालूम हो !

अमरेश बिलकुल नहीं समझ पाता कि क्या कम तकलीफदेह है– यादगार का होना या कि उसका मिट जाना ।

बहुत उदास थी वह । अमरेश ने लाचारगी महसूस की । जानता था कि वह कुछ नहीं कर सकता कि ऐसी उदासी सिर्फ वक्त के ही हाथों कुछ सुधरती है ।

दो तीन हफ्ते बाद जब वह उसके घर गया तो सामने मेटल पीस पर वही कलश सजा हुआ था ।

अमरेश हैरान परेशान देर तक कलश को देखता रहा । उसकी निगाह वहां टिके देख कालिंदी बोली–हां दो दिन पहले ही मिला है यह मुझे डाक में । किसी ने इसे पड़ा हुआ देखा तो उसके नाम से पता खोज कर यहां भेज दिया ।

अमरेश सन्न था । कितनी फालतू चेष्टा थी उसकी दोस्त की यादों से पत्नी को बचाने की । भला दोस्त की पत्नी का स्मृतियों से बचाव कर कैसे सकता था ! जो भीतर तक बसा है, उसका कोई चिन्ह बाहर भी हो तो क्या बुरा ! तब यह कलश ही सही ।

❖❖

चेरी फूलों वाले दिन

सिरहाने खड़ी मरसी कह रही थी–टाइम हो गया । चलो ऊपर डाइनिंग रूम में चलकर खाना खा लो ।

नहीं भूख नहीं ।

सुधा ने लेटे-लेटे ही बिना आँखे खोले कहा जैसे कि आँख खोलने के लिये भी ताकत चाहिये थी और वह बिस्तर पर औंधी हुई एकदम निढाल अधमरी-सी पड़ी रही थी ।

मरसी बोली–आज तीसरा दिन है । तुम लंच के लिये नहीं जा रही। उठो सुधा हिम्मत करो । कितना सुंदर है दिन । सूरज चमक रहा है, चेरी ब्लासम्स खिले हैं । बहुत सुंदर है बाहर ।

उह ऽऽ ।

खाना यहीं पर ला दूं ?

नहीं ।

कुछ थोड़ा-सा ?

अच्छा, डायट कोक ले आना ।

सिर्फ कोक ? खाने के लिये कुछ नहीं ?

इस बार सुधा ने सिर्फ सिर में कुछ हरकत की । जबान भी बार-बार नहीं कह कर थक चुकी थी ।

मरसी गयी तो मिनटों में ही एकदम चहकती-सी आवाजें कमरे में दाखिल हुई–मम्मी, मम्मी क्या हाल है ? हम ऊपर गये थे डाइनिंग रूम में तो पता लगा आप लंच के लिये ही नहीं गयीं । क्या हो गया ?

बस हिम्मत नहीं ।

और सुधा सीधी होकर बैठने की कोशिश करने लगी ।

मरा हुआ उत्साह जैसे करवट-सी लेने लगा ।

कोई नहीं मम्मी, लेटे रहिये, उठने की जरूरत नहीं और मेहा के कहने के बावजूद सुधा उठकर बैठ गयी ।

अरे ! नताशा भी आयी है ।

और सुधा का चेहरा एकदम से खिल उठा, धेवती को देखकर नानी से हलो कहने के इंतिजार में ही थी । नताशा आगे बढ़कर नानी के गले मिली और कुर्सी पर बैठ गयी ।

सुधा अचानक पटर-पटर बोलने लगी–तेरे लिए मैंने तेरा बर्थडे गिफ्ट संभालकर रखा हुआ है कि जब तू मिलने आयेगी तो तुझे दूंगी। अच्छा अब एक काम कर । देख मुझसे तो उठा नहीं जाता तू सामने वाली आलमारी खोल ।

नानी अभी आराम से बात करो, जल्दी क्या है, अभी तो हम बैठे हैं ।

नहीं, फिर बातों में लग जायेंगे तो रह जाता है । चल उठ आलमारी खोल ।

कोई हरकत न देख दुहराया–चल-चल उठ बेटे । खोल आलमारी।

नताशा को उठना ही पड़ा । आलमारी खोली तो एक गुलाबी रंग का सुंदर-सा बैग रखा था जिस पर लिखा था हैप्पी बर्थडे । उसमें एक पर्स था और एक लाल रंग का लिफाफा जिसमें हैप्पी बर्थडे का कार्ड था।

थैक्यू नानी । थैक्यू । दैट इस प्रिटी

सुधा के चेहरे पर व्यस्तता थी–पर्स निकाल के तो देख । दो जुराब के जोड़े भी होंगे । मैंने मंगवाये थे तेरे लिए । तुझे एक बार ऐसे जोड़े पसंद आये थे, इसीलिये मंगवा लिए ।

नानी इतना कुछ ?

नानी की व्यस्त उत्सुकता अभी खत्म नहीं हुई थी । बोलीं–चल अब इधर आ । यह दराज खोल ।

किसलिए नानी ?

खोल ना । तेरा असली गिफ्ट तो इसमें है ।

नानी !

देख तुझे मैंने कहा था न तेरे लिए सौ डालर रखे हैं । अपनी मर्जी से कोई ड्रेस मेरी तरफ से खरीदना ।

नानी मैं प्रेगनेंट हूं, मोटी हो रही हूं । अभी कोई ड्रेस नहीं खरीदूंगी ।

रख ले ना ऽऽ, बाद में खरीद लेना ।

दराज सुधा के सिरहाने की मेज में ही थी । उसमें खूब सारी चीजें घुसायी हुई थी कि मुश्किल से खुलता था । सुधा नताशा को आदेश देती गयी–ये ऊपरवाले कपड़े निकालकर बिस्तर पर रख दे । हां और नीचे, और नीचे एक प्लास्टिक का थैला है, उसको निकाल, हां निकाल ले, यही वाला । दे मुझे ।

और सुधा ने धीरे-धीरे लेकिन ढेर सारे उत्साह के साथ प्लास्टिक की गठरी खोली । उसके अंदर कई तरह की छोटी-छोटी-सी पोटलियां थीं । वह एक-एक करके पोटलियां खोलती जा रही थी और साथ-साथ कमेंटरी भी किये जा रही थीं–देख इसमें तो सिर्फ एक-एक के नोट हैं ।

फिर भी सुधा ने उसे खोला और पड़ताल की कि सचमुच एक-एक के ही हैं और उनकी गिनती भी कर डाली ।

इसी तरह दूसरी पोटली खोलते हुए बोली–इसमें पांच-पांच और दस-दस के नोट हैं । देखो भई ! मुझे इन सब काम करने वालों को टिप करना होता है । बहुत काम करते हैं ये लोग मेरा । इसीलिये एक-एक के अलग करके रखती हूं । थोड़ा ज्यादा काम करते हैं तो पांच का नोट देती हूं । अब शायद इस में है सौ-सौ के नोट ।

और उस पतली-सी थैली में दो, सौ-सौ के नोट थे । उन्होंने एक नोट को अलग किया और नताशा को पकड़ाया ।

नताशा बोली–आपको मुझे इतना नहीं देना चाहिये नानी । फिर आप बिना पैसे के क्या करोगे ?

लै ! मेरे पास और भी हैं । देख इतने सारे हैं । और फिर मुझे करने क्या है ? बस ! तुम लोगों के जन्मदिन पर ही देना होता है ।

पर नानी ये खत्म हो जायेंगे तो क्या करोगे ?

तो और आ जायेंगे । मुझे हर महीने यहां से पॉकेट मनी तो मिलती ही है ।

अच्छा आपको पॉकेट मनी मिलती है ? कौन देता है ?

नताशा को नानी का पॉकेटमनी शब्द का इस्तेमाल बड़ा दिलचस्प लगा ।

यही लोग देते हैं न । यहां की सरकार तो ज्यादा देती है पर ये अस्सिटिड लिविंग वाले काट लेते हैं । पर अब इनसे कौन लड़े । सभी रोते हैं । मैं तो फिर भी ठीक-ठाक हूं । कुछ लोगों को तो होश ही नहीं होता । उनको तो कोई पैसा नहीं मिलता । उनका यही रख लेते हैं । यह हमारा डायरेक्टर है न । बड़ा चालाक है । कहता है जितना सरकार देती है उससे कहीं ज्यादा खर्चा है । काम करने वालों की तनखाहें, तीन वक्त का खाना । मुझे तो लगता है सब झूठ बोलता है ।

मेहा बीच में काटती हुई बोली–मम्मी आपको नहीं मालूम । खर्चा तो होता है । आपको मालूम है कितनी-कितनी तनखाहें लेते हैं ये लोग। फिर फुल टाइम लोगों को तो पर्कस भी देने होते हैं । आखिर यहां रेजिडेंट डॉक्टर है, नर्से हैं, रिसेप्शन पर भी हमेशा एक आदमी की ड्यूटी होती है । आपको तो अंदाज भी नहीं होगा इनके खर्चों का। आप हमेशा दूसरों के खर्चों को अंडर ऐसटिमेट करती हैं । अमरीका में हर चीज का खर्चा कहीं ज्यादा होता है मम्मी । फिर यहां जो इतनी सफाई रहती है, उसके भी तो दाम लगते हैं । सुबह शाम तो सफाई होती है, उन सफाई करने वालों की तनखाहें नहीं हैं ?

बेटी की बात नानी को भली नहीं लगी ।

जा जा तू तो उनकी ही तरफदारी करती है । तुझे क्या पता यहां की औरतें मुझे क्या-क्या बताती हैं ? वह मार्गरेट बीमार होकर यहां क्या आयी, अरे ! उसकी पूरी की पूरी जायदाद इन लोगों ने संभाल ली । ये लोग सबके साथ ऐसा ही करते हैं । यह तो अच्छा हुआ कि मेरी कोई जायदाद ही नहीं है यहां वर्ना ये छीन लेते । ये तो क्या जाने रोहतक वाला घर भी छीन लेते । शुक्र है मेरी बहन की सोच थी कि रिटायर होकर तेरे पास आ ही रही हूं तो पीछे घर का ख्याल कौन रखेगा सो

बिकवा ही दिया । अब कम से कम उधर की तो कोई परेशानी नहीं है । मेरा हाथ भी खुला हो गया ।

मम्मी यहां आपकी इतनी देखभाल हो रही है । अगर ये जायदाद ले भी लें तो क्या बुरा है ? किसी को साथ लेके तो जाना नहीं होता ।

सो तो तू ठीक कह रही है । पर अपने बच्चों को तो दे सकते हैं न । इनको क्यों दे ?

मम्मी आप भी हिन्दुस्तानियों की तरह बोल रही हैं । सब यहां के सिस्टम का फायदा उठाना चाहते हैं, कोई कुछ देना नहीं चाहता । रिपब्लिकन पार्टी वाले ठीक ही कहते है कि बंद करो ये सब मैडिकेड वगैरह और सोशल वेलफेयर । लोगबाग मुफ्त की सेवाओं के आदी हो जाते हैं और उल्टे शिकायतें करते हैं ।

रहने दे मेहा । तू ज्यादा मत बोल ।

माम ठीक कहती है, नानी ।

नताशा हिन्दी में बोलती थी तो बत्तीस साल की उम्र में भी उसका बोलना वही सात-आठ साल की लड़की-सा मीठा लगता था । यूं भी नानी के आगे वह बच्ची ही बनी रहती थी । वह कोई समझदारी वाली बात करने भी लगती तो नानी को रास न आता । उनके सामने वह बच्ची बनी रहकर एक तरह से नानी को खुशी देना चाहती थी, कहीं नानी का मनोरंजन करना उसे अच्छा लगता था, इसलिये नानी को उसकी हर बात प्यारी ही लगती । उससे नाराज नहीं हो सकती थीं । न ही नताशा का विरोध करके राजी थी ।

सो झट से हार मान ली और कहा–ठीक है फिर मुझे ज्यादा नहीं पता । मैं यहां की बातें क्या जानूं ।

नताशा फिर बोली–नानी आप ये डालर रख लो । अपने लिए अच्छी-सी चीज खरीदना ।

कह दिया न । मुझे कुछ नहीं चाहिये । मेरे पास सब कुछ है । तू बस रख ले । चाहिये होता है तो तुमसे मांग ही लेती हूं । ये ले अपने पर्स में डाल ले ।

नानी बिस्तर से उठती हुई आगे को हुई और नताशा की मुट्ठी में

नोट डाल दिया ।

नताशा का यह कोई नया अनुभव नहीं था कि बहस में नानी से कभी कोई जीत नहीं सकता ।

नताशा ने नोट पर्स में डाला तो अचानक जैसे कुछ याद हो आया।

देखा नानी । आपने हमको भुला दिया । हम तो आपको बाहर ले जाने के लिये आये थे । बाहर बहुत सुंदर चेरी ब्लासम्स खिले हैं। सारे के सारे पेड़ फूलों से लदे पड़े हैं । गुलाबी, सफेद, शाकिंग पिंक। एकदम पीक पर है ब्लासम्म । बहुत सुंदर लग रहा है सारा का सारा पार्क । चलो, चलो, चलेंगे ।

चल नहीं पाऊंगी बेटे । जिस्म में बिल्कुल ताकत नहीं है । पता नहीं जब से यह दवाई बदली है मुझे तो होश नहीं रहता । बस लेटी रहती हूं ।

पर नानी हम आपको सहारा देंगे । और आपको वाकर के साथ चलना है ।

नहीं बेटे गिर जाऊंगी ।

हम आपको गिरने नहीं देंगे नानी ।... नानी आपको तो घूमने का इतना शौक था । माम भी कहती है आप रोज बाहर निकल जाते थे। गर्मी की छुट्टियों में कभी पहाड़ों पर तो सर्दी की छुट्टी में साउथ इंडिया जाते थे । इधर भी आप बाहर नहीं जाते तो कहते कि बोर हो जाती हूं ।

सो तो ठीक कहती है बेटे । बोर तो हो जाती थी । कोई कितनी किताबें पढ़ लेगा या टी.वी. देख लेगा ! पर अभी नहीं जा सकती । सोमवार को डॉक्टर आयेगी तो उसे बताऊंगी । देखो क्या कहती है । पर अब जिस्म में जान नहीं रही बेटे ।

और सुधा ने एक लम्बी सांस ली । तीनों उदास से हो आये । वक्त ने कैसे सब कुछ बदल दिया था । मम्मी का वह स्वस्थ दमकता शरीर कैसे किसी पुराने कपड़े की तरह छीजता गया । मेहा की आंखों में जवान मम्मी के कितने ही बिम्ब सहसा घूम गये । प्रिंसीपल थी मम्मी लड़कियों के एक प्राइमरी स्कूल की । सारा दिन भाग-दौड़ लगी रहती।

स्कूल खत्म होता तो किसी-न-किसी मीटिंग के लिये भाग रही होती, और न कुछ हो तो कभी किसी अध्यापिका का विदाई समारोह है तो कभी किसी अध्यापिका के बेटे या बेटी की शादी या किसी का दाह संस्कार ! मम्मी को तो कभी फुरसत से बैठे देखा ही नहीं था । देर शाम आती तो भी सुबह वक्त पर स्कूल पहुंचने का नियम था । कहती अगर वे खुद लेट होंगी तो स्कूल में अनुशासन कैसे रख पायेंगी ?

मेहा ने मुश्किल से कॉलेज में कदम रखा था जब पापा की मौत हुई ममा घर का भी देखती । मेहा तो ऊंची पढ़ाई के लिये यहां अमरीका चली आयी । फिर उसकी शादी के कुछ सालों बाद मम्मी रिटायर हो गयी तो मेहा और उसके पति ने मम्मी को यहीं बुला लिया था ।

यूं तो पहले मम्मी ठीक-ठाक ही रहती थीं । पर बुढ़ापा भी शायद एक बीमारी ही होती है । अजीब-अजीब-सी बातें होने लगीं । एक दिन मम्मी बेहोश-सी हो रही थी, शरीर से ताकत निचुड़ चुकी थी, अजीब तरह से रुक-रुक कर बोलने लगीं । एम्बुलेंस बुलायी । इमरजेंसी गये। पता लगा पोटैशियम लो हो गया है । फिर एक बार तो ममा को ऐसे दस्त लगे कि ठीक ही न हों । डॉक्टरों की दवाइयों का असर ही न हो । फिर हालत यह हो गयी कि गुसलखाने से बाहर आते-आते कमरे में पहुंचने से पहले ही गिर गयीं । वही एम्बुलेंस अस्पताल के चक्कर। उस बार सोडियम लो हो गया था । मेहा ने तो जिंदगी में पहली बार सुना था कि ऐसी चीजें भी होती हैं । वरना उसे यही मालूम था कि लोगों को दिल का दौरा पड़ता है, या कैंसर होता है या । खैर मम्मी को दिल का दौरा भी पड़ा, मधुमेह भी हुआ, हाई ब्लड प्रेशर भी, गठिया भी । सभी कुछ । और इसीलिये मम्मी ने रोज-रोज अस्पताल जाने के झंझट से बचने के लिये डॉक्टर और नरसों से संपन्न इस असिस्टेड लि. विंग में रहना पसंद किया । यानी कि ऐसा जीना जहां जीने के सहायक मौजूद हों । खाने-पीने की सहायता के अलावा नहलाने-धुलाने के लिये परिचारिकायें और कोई शारीरिक तकलीफ हो तो डॉक्टर, नर्स, दवाखाना, सभी कुछ मुहय्या रहता है । ज्यादा तकलीफ हो जाये तो एम्बुलेंस बुला के अस्पताल भी भेज दिया जाता है । मेहा मिलने हर

हफ्ते आ जाती है पर मम्मी रहती, सोती, खाती इसी संस्थान में हैं ।

पर वृद्धावस्था का यह रोग अब उम्र के साथ लगातार बढ़ता ही जा रहा है । यह भी ठीक है कि अगर हिन्दुस्तान में होती तो शायद इतना जी भी न पाती । अब तो पचासी से ऊपर की हो गयी है । पर यहां जो भी पुरजा बिगड़ता है डॉक्टर उसे दुरुस्त कर देते हैं । मेहा को लगता है कि अब जैसे मम्मी के शरीर का हर अंग ही मम्मी का साथ छोड़ रहा है । मम्मी शायद ज्यादा देर न जिये, मेहा ने सोचा और जिस्म कांप गया । मां कितनी भी बूढ़ी हो उससे नाता अपनी पहचान का, अपने दुनिया में होने का नाता होता है । मां नहीं रहती तो अपनी पहचान, अपनी हस्ती का भी कोई हिस्सा मर जाता है । असहाय मां ही बच्चे के लिये एक सूत्र, एक साया होती है । मम्मी पंजाबी में कहा करती थीं–मांवां ठंडियां छांवा । सच मां एक छतरी की तरह बरखा से बचा लेती है । मेहा अपने ख्यालों में ही खोई थी जब अचानक मम्मी की हड़बड़ायी-सी आवाज सुनाई पड़ी ।

अरे तुमको मैंने खाने को तो पूछा नहीं । उस हिन्दुस्तानी रेस्तरां को फोन कर देती हूं । अभी बीस मिनट में खाना दे जायेगा ।

मम्मी फिक्र मत करो । नताशा और मैं बाहर जाकर खायेंगे ।

नहीं–नहीं ऐसा कैसे हो सकता है । खाना तो तुमको खाना ही होगा। चल नताशा फोन उठा । वह मेज पर से मेरी डायरी देना । उसमें रेस्तरां का फोन नम्बर है । ला दे न । उठ ।

नानी खाना नहीं खायेंगे । मुझको प्रेगनेंसी में हिन्दुस्तानी खाने से ऐसिडिटि होती है ।

अच्छा तो फिर फ्रिज खोल । उसमें फलवाला दही है, संतरे हैं, चटनी भी है । हां गोभी और आलू के पराठे हैं फ्रीजर में । गर्म कर दूं ?

मम्मी अभी तो कहती है कि उठा नहीं जाता और अब पराठे गर्म हो जायेंगे । साथ में पुदीने की चटनी और दही । चलो मैं बना देती हूं ।

सुधा को यह भी मालूम था कि वह उठने की धमकी देगी तो मेहा या नताशा में से कोई उठकर गर्म कर ही देगा ।

नताशा को तो भूख लग ही आयी थी । मेहा ने पराठे गर्म किये

तो तीनों ने ही खा लिया ।

सुधा बहुत खुश थी कि कुछ तो खाया इन लोगों ने । उनके बहाने से सुधा का भी खाने का मन हो आया था । वह कुछ न कुछ हिन्दुस्तानी खाना रखती ही । उसका अपना जब अमरीकी खाने का मन न होता तो वही सब खाती । मेहा भी कुछ न कुछ घर से बना लाती थी ।

पर मेहा आज कुछ बना नहीं पायी थी । मन में अपराध भाव कचोटा ।

मम्मी आपका सारा स्टाक तो हमने खत्म कर दिया । अब आप क्या करेंगी ?

कैसी बात बोल दी तूने ? मां को तो खुशी होती है बच्चों को खिला के ।

और नानी के सारे पैसे भी हमने खत्म कर दिये । फिर वही बात बेटे ! बच्चों को देकर तो मेरा जी खुश होता है । ऐसे मत कहा करो । और आ जायेगा । मेरे पास कोई कमी नहीं । हां तेरे लिये तो एक और गिफ्ट लिया था नताशा । ये फ्रिज के ऊपरवाली अलमारी तो खोल ।

नानी ! इतना कुछ तो दे दिया । अब और नहीं ।

तू खोल न । ठीक है तू नहीं खोलती तो मैं अपनी नर्स को बुलाती हूं ।

ठीक है नानी । आप किसी की बात नहीं सुनते ।

एक मेकअप का सेट था । नताशा की ना नानी को स्वीकार न थी। बैग में डलवा दिया ।

अच्छा नानी अब हम चलेंगे । आप बस देते जाते हो, देते जाते हो। और कुछ नहीं ।

तुझे पता नहीं तेरे आने ने मुझे कितनी खुशी दी है । चीजें क्या हैं । मैं तो जा नहीं पाती नहीं तो तुझे क्या कुछ देने का मन करता है ।

आप घूमने तो चलते नहीं हमारे साथ । बस चीजें देते जाते हो ।

क्या करूं बेटे मजबूर जो हूं । टांगे चलती ही नहीं ।

बस मुझको नहीं मालूम । अगली बार तक ठीक हो जाना । ये चेरी

ब्लासम्स तो दो हफ्ते में खत्म हो जाते हैं ।

चल कोई बात नहीं । बहुत बार देखे हैं ब्लासम्स तो । हर साल देखती ही हूं । एक बार तो वाशिंगटन ले गये थे तेरे मास और डैड चेरी ब्लासम्स दिखाने । यहीं बोटैनिकल गार्डन भी तो जाते थे हर साल। सुख तो बहुत मिलता है इतने ढेर सारे फूल एक साथ देखकर । ओह ऐसा लगता है जैसे परियों के देश में चहलकदमी कर रहे हों । मन भी करता है जाऊं, घूमूं । पर क्या करूं ?

अगले इतवार को मम्मी के साथ आऊंगी । ठीक हो जाना । जरूर चलना है । अच्छा नानी ! बाय बाय ।

नानी से गले मिल मेहा और नताशा बाहर आ गयी । दोनों मां बेटियों को अपने-अपने घर, अपने पतियों के पास लौटना था । शनिवार की शामों के कार्यक्रम बने हुए थे ।

तभी नर्स कमरे में प्रविष्ट हुई–सॉरी सुधा । यह रहा डायट कोक । मैं भूल गयी थी लाना । तुमने खाने को जो मनाकर दिया था ।

सुधा को गुस्सा नहीं आया । वह भूल गयी थी कि उसने कोक मांगा था । बोली–रख दो । अभी पियूंगी नहीं । घंटे भर में डिनर का समय होने वाला है । ऊपर जाऊंगी डिनर खाने । तभी चाय भी पियूंगी। आज बना क्या है ?

आज... आज ? मालूम नहीं । पूछ के आती हूं ।

नहीं कोई बात नहीं ।

नर्स चली गयी । सुधा ने कमरे पर एक नजर दौड़ाई उसे लगा जैसे अभी-अभी यहां ढेर-ढेर चेरी के फूल खिले हों !

❖❖

हिरण्यगर्भा

बिना कहे सब उससे यही कहे जा रहे हैं कि वह एक विधवा है, यानी कि बेचारी, कमजोर, असहाय, दयनीय ! ये सब विशेषण वे इस्तेमाल करें या न करें पर ऐसा ही कुछ उनकी आंखें, उनका बर्ताव, उनके हाव-भाव कह रहे हैं । सिर्फ कह ही नहीं रहे, रेखांकित कर रहे हैं कि एक हस्ती होती है विधवा या ज्यादा सही ढंग से ऐसे कहा जा सकता है कि जो हस्ती होती ही नहीं, वही विधवा है यानी कि न होना या एक मिटा हुआ अक्षर जिसे पढ़ने की कोशिश भी बेमतलब है । बस एक छूटा हुआ हाथ है, एक बीती-सी बात या एक डरावना सपना जो भुला देने लायक है ।

या फिर कुछ ऐसा कि यह इंसान नाम की चीज ही नहीं । बस एक पूंछ हिलाता हुआ कुत्ता जो इन लोगों से आसरा मांग रहा हो ! यानी कि उनकी आंखों में व्यक्ति के सम्मान जैसी तो कोई चीज ही नहीं । पति क्या नहीं रहा कि मानों लूली-लंगड़ी, तुच्छ और अछूत हो गयी वह ।

और कात्यायनी खुद से कहती है-पर मैं तो एक सच हूं, एक हस्ती, एक समूचा का समूचा हाड़मांस का इंसान ! यह कोई क्यों देखना नहीं चाहता । देखते हैं तो एक नकारात्मक भाव के साथ कि वह है पर पुरुषहीन है इसलिये नहीं है । मैं भी कितनी पागल हूं । सोचा कि वहां अमरीका में बहुत अकेलापन लग रहा है हिन्दुस्तान जाकर थोड़ा बदलाव होगा, रिश्तेदारों से मिलूंगी । कुछ मन बहल जायेगा । यूं भी हर साल जाती ही रही हूं भारत । एक जरूरत-सी बनी ही रहती थी जाने की तब, अगर अमित के जाने के बाद भी जरूरत बनी ही है तो इसमें बड़ी बात भी क्या !

अमित यूं तो हर पल मेरे साथ ही रहता है । बाहर नहीं है तो क्या

मेरे भीतर की दुनिया अभी भी उसी से बसी हुई है । उसके ख्याल, उसकी यादें ! कभी अकेला नहीं छोड़ती मुझे । फिर भी उसका न होना मेरे पूरे वजूद पर ही सवाल लगाता रहता है । सच में क्यों हूं मैं जब वह मेरे साथ नहीं तो ! कभी सोचा नहीं था कि अमित के बगैर भी ज़िंदगी गुजारनी पड़ेगी । उसने प्यार भी बहुत दिया था मुझे तभी अब कोई उस खाली जगह को भर नहीं सकता । सच कोई किसी को इतना प्यार कर ही नहीं सकता । मेरे लिये तो वह मेरा सब कुछ था। तभी तो लगता रहता है कि अब कुछ भी नहीं है । पर जब तक मौत मेरा वरण नहीं करती तब तक तो इस जीवन को चलाना ही है न । रोते-रोते चलाऊं या जैसे भी । तभी कोशिश करती रहती हूं कि किसी तरह ऐसे बिताऊं कि यह न लगे कि मरी हुई हूं । बस कुछ इस तरह कि जो जिंदगी मिली है उसे ठीक-ठाक निभा तो लूं । इसी से तो भारत चली आयी ।

अमित का पूरा परिवार है यहां । हां मां-पिता तो नहीं रहे पर भाई बहन तो हैं और सभी चूंकि अमित से बहुत स्नेह करते थे इसलिये उसके स्नेह का कुछ हिस्सा मुझे भी मिलता ही रहा है । मेरे अपने परिवार में तो अब भारत में कोई भी नहीं पर अमित के परिवार को मुझसे मिलना भला लगेगा । इसी से चली आयी । बड़ी भाभी ने तो बहुत स्नेह से बुलाया था और यही कहा था कि उनके पास ही रूकूं। यह भी कहा कि अगले महीने अमित के सबसे छोटे भाई की बेटी की शादी भी है तो उसमें भी शामिल हो जायेगी । वहां सारी बिरादरी से भी मिल लेगी । अमित को भला लगेगा कि उसके न रहने पर भी कात्यायनी उसके परिवार से मिलती रही । जबकि जब भी वे लोग भारत छुट्टी पर आया करते थे तो कात्यायनी यही कहती देखो सारा समय परिवार के साथ मत बिताना । हमने भारत में छुट्टी भी मनानी है यानी कि किसी नये हिस्से में भी जाना होता था । और अमित की छुट्टी तो हमेशा सीमित ही होती थी । कात्यायनी की भी सीमित ही थी । इसलिये ठीक तरह से समय का इस्तेमाल जरूरी था ।

देखा जाय तो पिछले दो साल में अमित तो रिटायर ही हो गया

था पर कात्यायनी की नौकरी बढ़िया थी सो एक तनखाह में दोनों का बढ़िया गुजारा चल सकता था और साथ ही अमित की पेंशन, सोशल सेक्योरिटी वगैरह तो थी ही ।

इसी से तो कात्यायनी को यह बात भी समझ नहीं आती थी कि लोगबाग उस पर तरस क्यों खाते हैं । न तो आर्थिक रूप से परतंत्र थी, न ही उस तरह से बेचारी अबला थी । अब भी उसको अपनी कमाई का भरोसा करना था जैसे पहले करती थी । हां यह सच है कि भावनात्मक तौर पर वह सचमुच अपाहिज-सी हो गयी थी क्योंकि अमित का वह पूरा भावजगत तो कात्यायनी को ही समर्पित था जो अब लुप्त हो गया था । पर देखा जाय तो कात्यायनी के महिलाओं के साथ-साथ पुरुष मित्र भी थे जिनसे अमित को कभी आपत्ति न थी। बल्कि वे मित्र अमित के भी मित्र बन गये थे । कहने का मतलब यह है कि उस को पुरुषों की कमी तो नहीं थी–अगर सचमुच पुरुष ही औरत की सबलता का प्रमाण हों तो, वैसी ताकत अभी भी उसके पास थी । फिर आर्थिक रूप से आत्मनिर्भर तो वह थी ही तब अबला किसलिए ? विधवा किस लिए ?

भाभी के पास ठहरी तो उसे मन में चैन-सा हुआ कि उनसे मन का हाल बांटेगी । अमित को भाभी ने मां का प्यार दिया था और वह उनको बहुत मानता था । कहता था कि भइया की पोस्टिंग जब अमरीका में हुई तभी वह यहां पढ़ने आया था तो भाभी ने उसे बहुत प्यार से घर पर रखा । उसका आर्थिक जिम्मा भी शुरू में भइया-भाभी पर ही था जब तक कि वह खुद कमाने नहीं लग गया । फिर अमित तो पढ़-लिख कर अमरीका में ही बस गया पर भइया-भाभी भारत लौट गये। भइया को भारत में एक प्राइवेट कंपनी के साथ बहुत अच्छी नौकरी मिल गयी थी और वे भारत में ही बसना चाहते थे । अब भाई भाभी अमित और कात्यायनी के पास मिलने घूमने आते तो वे दोनों उनकी खूब खातिर करते । चारों के बीच बहुत गुनगुना मीठा-सा रिश्ता था । भाई भाभी के दोनों बच्चे भी अक्सर आते रहते थे । अब वे भी भारत में ही नौकरी कर रहे थे । अमित और कात्यायनी का अपना कोई बच्चा नहीं था ।

वे उनके ही बच्चों को प्यार देते ।

दो-तीन साल पहले अमित के बड़े भाई की भी दिल की गति रूक जाने से अचानक मौत हो गयी थी और भाभी भी अब विधवा ही थीं। भाभी ने तो केवल एक गृहस्थन की ही भूमिका निभायी थी इसलिये पति के जाने के बाद वे अपने ही घर में अपने बेटे बहू के साथ रह रही थीं । भाभी के पास रहते हुए कात्यायनी ने महसूस किया कि भाभी अब वह शौकीन तबियत की महिला नहीं रही थी जो सजधज कर कभी क्लब जाया करती तो कभी शापिंग तो कभी महिलाओं के साथ काफी-पार्टियों में । उनकी दिनचर्या बहुत बदल गयी थी । उनकी सारी खूबसूरत सिल्क और शफान की साड़ियां या तो उनकी बेटी के पास थीं या बहू पहनती थी । उन्होंने कुछ सादी-सी सफेद साड़ियां इकट्ठी की हुई थीं । रोज एक सादी सफेद या हल्के से रंगीन किनारे की सूती साड़ी पहनती और दोपहर में किसी कीर्तन, ध्यान में जाती । चूंकि लिपिस्टक या कोई भी मेकअप नहीं लगाती थीं सो चेहरा सूना-सूना लगता । बालों का पहले की तरह जूड़ा बना होता पर उसमें भी एक सायास लापरवाही दिखती । कोई स्वामी जी थे जिनको वे बहुत मानती थीं । उनकी तस्वीर भी उनके सोने के कमरे में लगी थी । सुबह उठकर पहला काम वे उन्हें नमन करने का ही करती । उसके बाद नहा-धोकर पूजा-पाठ करतीं फिर नाश्ता । घर में नौकर तो वही पुराना वाला ही था सो उनको घर के काम खास नहीं करने होते थे। इससे रोज दोपहर कहीं-न-कहीं कीर्तन-भजन के लिये जाना होता था । उन्होंने कात्यायनी से कहा कि वह भी सफेद साड़ी ही पहने और अपनी दो-तीन साड़ियां निकाल कर उसे दे दीं । अमित को गुजरे हुए चार महीने हो चुके थे पर कात्यायनी को ऐसी किसी परंपरा को निभाना नहीं पड़ा था । वह एक जानी-मानी अमरीकी यूनिवर्सिटी में फिजिक्स की प्रोफेसर थी । जो उसके करीबी मित्र थे वही अमित की मौत के बारे में जानते थे वर्ना बाकी उसके सहकर्मियों को तो पता तक नहीं था कि उसका पति अब नहीं रहा । न ही उनकी ऐसा कुछ जानने में रुचि थी । न ही कात्यायनी के पहनावे में ही कोई परिवर्तन आया था कि

ऐसी कोई पहचान बनती । यह उसके जीवन का व्यक्तिगत मामला था, उसका निजी लॉस । किसी और को कोई मतलब नहीं था । इससे न ही वह किसी को बताना पसंद करती । यूं भी जो कोई उसके भारतीय मित्र या रिश्तेदार उससे अमित के जाने के बाद सहानुभूति जताने आये उनको वह बेचारी-सी दिखती और वे उस पर तरस खाने जैसा रूख रखते तो कात्यायनी को उनसे वितृष्णा ही होती । उसे लगता कि पति को खोने का जो उसका कष्ट है उसे तो कोई महसूस कर नहीं सकता बल्कि सब ऊपरी बातें बनाते हैं और कात्यायनी को उनसे चिढ़ होती । उसे अच्छा न लगता कि लोग आये दिन उसके घर पर मातमपुर्सी के लिए आयें । शुक्र है कि कॉलेज खुला हुआ था और दाह संस्कार खत्म होने के अगले दिन ही वह पढ़ाने चली गयी थी यूनिवर्सिटी । एक दो लोगों ने उसके सूने, उदास चेहरे को देख पूछ भी लिया था-तबीयत तो ठीक है न ।

और कात्यायनी ने जबरदस्ती मुस्कान ओढ़कर कह भी दिया था कि ठीक है । यूं भी कहीं मुंह से पति की मौत की बात निकल जाती तो पूरी कहानी सुनानी पड़ती जिसे दुहराना कात्यायनी के लिये जैसे नरक का सफर करना था । और अनजाने सहकर्मियों के सामने आंख से कहीं आंसू टपक पड़े तो खुद को कभी माफ न कर सकेगी । आंसू कमजोरी की निशानी है और कमजोरी प्रकट करना इन लोगों के सामने खुद को हीन साबित करना है । कात्यायनी यहां की एक वरिष्ठ प्रोफेसर है । उसे हर तरह से अपनी वरिष्ठता को बनाये रखना है ।

फिर जब क्लास में छात्रों के सामने पहुंची सब किनारे हटा कर अपनी आदत के अनुसार पूरे दमखम से पढ़ाना शुरू कर दिया था ।

एक तरह से पढ़ने-पढ़ाने का काम ही अब उसे अमित को भुलाने में मदद करता था । वर्ना वह उसी के बारे में सोचती रहती । उसके साथ बिताये लम्बे जीवन का कभी कोई तो कभी कोई हिस्सा याद करती, तरसती, दिल पर तलवार की धार से चीरते हुए घाव सहती और आंसू बहाती । जब वह जीवित था तो दोनों में झगड़ा मन-मुटाव भी खूब होता था । पर अब वह सब भी चाहे जाने वाले क्षण बनकर याद आता।

बार-बार यही ख्याल आता रहता–अमित कहां चले गये तुम! क्यों नहीं लौट सकते तुम मेरे पास । क्यों नहीं मेरी जिंदगी वैसे ही चलती रह सकती जैसी अब तक चल रही थी ! कभी वह भूल ही जाती कि अमित अब नहीं है और उसे लगता कि वह उससे कुछ कह रहा है, वह जवाब देने लगती तो सहसा होश में आ जाती और अपनी मजबूरी पर बिलखती । ऐसा तो कभी नहीं सोचा था कि जिंदगी साथ नहीं निकलेगी और वह अकेली रह जायेगी । अमित कहां हो तुम ! किस दुनिया में हो ! कहां चले जाते हैं लोग, क्यों कभी वापिस नहीं आते ?

अमित की चीजों से घर भरा था । हर कहीं उसी की याद । पूरी विवाहित जिंदगी उसी का तो संदर्भ था । सभी कुछ उसी से जुड़ा था। घर का एक-एक सामान, बैठक का सोफा, बिस्तर, रसोई, भोजन जो उसको पसंद था, कपड़े जो वह पहनता था । यहां तक कि कात्यायनी ने अपने पहनावे में भी लगातार अमित की टिप्पणियां चलती रहतीं–यह ड्रेस तुम पर बहुत फबती है, शाम की पार्टियों में तो बस साड़ी ही पहना करो । और वे गहने जो अमित खरीद कर लाता था । जब भी कहीं अकेले जाता तो उसके लिये कुछ-न-कुछ उपहार जरूर लाता । जब साथ जाते तब भी उसे इम्पोरियम में साथ लेकर जाता चलो तुम्हारे लिये नयी साड़ी खरीदें ।

वे दोनों यहीं अमरीका में ही तो मिले थे । उन दिनों कम ही हिन्दुस्तानी होते थे यहां । अमित तो उसे देखते ही दिलचस्पी लेने लगा था । कात्यायनी को भी वह भला-सा लड़का लगा । धीरे-धीरे दोनों एक दूसरे के करीब आते गये । वह कात्यायनी का सबसे अच्छा दोस्त बन गया । ऐसा दोस्त जिस पर पूरी तरह से भरोसा किया जा सके । बस दोस्ती हुई, वहीं प्यार बन गयी और फिर शादी भी । अब उसे उनके शुरू से मिलने की भी बातें याद आती रहतीं । कैसे मिले, सबसे पहले कौन से रेस्तरां में खाना खाया था, कौन-सी नदी के किनारे घूमने गये थे । कौन से पेड़ के नीचे पहली बार घाट पर बैठे थे, कब उसने पहली बार हाथ पकड़ा था, कब चूमा था और कब इन शरीरों का पूर्ण मिलन हुआ । कात्यायनी के जिस्म में झुरझुरी-सी होती । उसका पूरा-का-पूरा

जिस्म भीग जाता, रोयें-रोयें में कंपकंपी-सी छा जाती, ऐंठने लगती सारी की सारी हड्डियां !

बात शारीरिक रिश्ते की नहीं है । जो रिश्ता अमित के साथ था, विशिष्ट था, बात यह है । उसे किसी और के साथ दुहराया नहीं जा सकता । अमित की कमी हमेशा बनी रहेगी ।

यह नहीं कि अमित के चले जाने के बाद पुरुषों ने उसमें रुचि नहीं ली बल्कि बहुत ज्यादा ही ली है । एक पुराने मित्र ने तो विवाह का प्रस्ताव तक रख डाला था । वह अभी तक कुंवारा था यानी कि तलाकशुदा । उसने कात्यायनी को यही कहा कि यूं वह कभी दुबारा शादी करने की न सोचता पर कात्यायनी के साथ में दोनों बाकी जिंदगी का सफर बहुत अच्छी तरह काट सकते हैं । कात्यायनी ने सीधे इन्कार कर दिया था–मैं शादी की बात सोच भी नहीं सकती । और फिर कभी प्लीज उठाना भी मत । वर्ना हमारी दोस्ती पर भी आंच आ सकती है ।

भारत में भी उसका बहुत करीबी मित्र था । अमित और कात्यायनी उसी के पास ज्यादातर ठहरते थे । अमित की मौत का सुनते ही मुरली अमरीका चला आया था । उसका घर कात्यायनी के लिये हमेशा खुला था । लेकिन कात्यायनी को इस बार उसके यहां ठहरने में कुछ घबराहट हुई । उसका अपनी पत्नी से तलाक हो चुका था और वह अकेला रहता था । कभी-कभार उसकी बेटी मिलने आती थी जो अब विदेश में रहती थी । वह खुद भी आधा वक्त विदेश में ही घूमता रहता था। उसने कात्यानी से कहा भी कि उसी के पास भारत आने पर ठहरे पर कात्यायनी ने सोचा कि अमित के परिवार को ही उसकी जरूरत है और उसे भी उनकी । फिर शादी में भी तो जाना है । दिल्ली में तो सबके घर इतनी दूर-दूर हैं कि एक बार जहां रुक जाओ वहीं के सारे काम निबटा लो तब कहीं और जाकर रुको । यूं उस मित्र का घर दिल्ली के बीचों-बीच कनाट प्लेस के साथ था जहां रहना बहुत अच्छा लगता था क्योंकि घूमने की सारी जगहें–संगीत सभाएं और नाटक घर या कला दीर्घायें पास-पास लगती थीं ।

अमित के छोटे भाई की बेटी की शादी तीन दिन बाद थी । इतवार

को उन्होंने शगुन की रीत रखी हुई थी । लड़के वाले उनके घर आ रहे थे शगुन लेने और लड़की को चुन्नी चढ़ाने । उसके बाद शाम को पार्टी थी । कात्यायनी को मन में एक इंतिजार-सा था । वह अमित के हाथ की खरीदी एक सफेद रुपहरी और फिरोजी आधे से कढ़ाई के काम वाली और एक बेज रंग के साथ मरून बार्डरवाली सिल्क की साड़ी भी साथ ले आयी थी शादी के लिये । अजीब बात थी कि उसे उनकी तरफ से कोई आमंत्रण पत्र अभी तक नहीं मिला था । कात्यायनी ने सोचा घर की बात है पर यूं अपने मुंह से भी उन्होंने शगुन में आने को नहीं कहा था । कात्यायनी ने भाभी से कहा कि वे शादी में चलने की बात कह ही नहीं रहीं तो खुद को साफ बात कहने से भाभी रोक नहीं पायीं–बात यह है कात्यायनी कि वे लोग कह रहे हैं कि तुम्हारे आने से अपशगुन होगा । विधवा हुई हो न । शादी के शगुनों में विधवा का साया नहीं पड़ना चाहिये ।

कात्यायनी से रहा न गया–लेकिन विधवा तो आप भी हैं ?

तुम नयी-नयी विधवा हुई हो न तो अपशगुन मानते हैं । मैं तो पुरानी पड़ गयी हूं न ।

कात्यायनी को धक्का-सा लगा । कहां तो उन दोनों का भारत आना परिवार के लिये उत्सव जैसा होता था । अब वहीं अपशगुन हो गया। कैसे हैं ये लोग । अमित के सगे भाई की बेटी है और अमित की पत्नी को ही वे नहीं आने देंगे । कैसे विश्वास, कैसे वहम हैं यहां ! शायद उनको डर है कि मेरा साया पड़ने से उनकी बेटी भी विधवा हो जायेगी! कैसा समाज है यह !

उसने सोचा था कि भारत बदल गया है औरतों की हालत बहुत बेहतर हो गयी है पर क्या सचमुच । कात्यायनी के दिमाग में बचपन से खुदी हुई एक तस्वीर कौंध गयी । वह बुआ थी उसकी । उनके घर पर ही रहती थी, बाल विधवा, मुंडा हुआ सिर, सिकुड़ा-सा शरीर । सफेद धोती पहनती और जमीन पर ही दरी और चादर बिछाकर सोती । सूखा-सा, उदास और मलिन-सा चेहरा । कभी कोई मुस्कान या किसी तरह की भी रौनक कभी किसी ने न देखी होगी उस पर । घर में

सुबह-सुबह सबसे पहले वही जागतीं । नेम-धर्म, पूजा-पाठ करके खाना बनातीं । बहुत कोई सादा-सा निरामिष भोजन । बिना लहसुन, प्याज के, बस दाल और सब्जी । दिन में बस एक ही बार खाती । शाम को वे किसी को घर में नजर भी न आती । कमरे में पता नहीं पूजा-पाठ करती रहती । कात्यायनी को उनसे डर लगता । उनकी भृकुटी चढ़ी ही रहती जैसे सारी दुनिया से उनको वैर हो, शिकायत हो । घर में रहते हुए भी अलग-थलग अकेली-सी थी उनकी दुनिया । उन्होंने कभी कात्यायनी के परिवार के साथ बैठकर खाना तक नहीं खाया । गप मारना तो दूर की बात रही । पुरानी यादों की हिलोरों में कात्यायनी को जैसे कहीं साफ होता गया कि यह होती है विधवा की जिंदगी इस देश में । वह सर से पांव तक कांप उठी । ये उसके रिश्तेदार क्या उसे ऐसी जिंदगी जीने को मजबूर करना चाहते हैं ? भाभी की जिंदगी उसकी बुआ से तो बेहतर थी । भाभी के कम-से-कम बच्चे हैं । एक समाज भी है कीर्तन भजन का । गाड़ी चला कर वे चली तो जाती हैं घर से । कुछ तो उब कटती होगी बाहर निकलने से ही । बुआ तो याद भी नहीं कि कभी घर से निकलती भी थी । जीते जी किसी को मार डालना क्या इससे अलग होगा ?

कात्यायनी का मन उखड़ गया । उसने फैसला किया कि वह इस परिवार के माहौल में रहेगी ही नहीं । वह अपने मित्र के पास ही जाकर क्यों न रहे । उसके साथ वह शहर के बुद्धिजीवी समाज से मिलती थी और उसका मन वहां खूब रमता था ।

कात्यायनी अपने मित्र मुरली के यहां चली गयी । अगले दिन मुरली ने अपने यहां एक पार्टी रखी हुई थी । मुरली उसे अपने दोस्त की तरह सबसे मिलवाता रहा । कात्यायनी ने महसूस किया कि सब लोग उसे मुरली की नई प्रेमिका के रूप में देख रहे थे । कुछ इस तरह कि विधवा होकर इसने नया घर कर लिया है । कात्यायनी रात भर सो नहीं पायी । क्यों ये लोग हमारी मित्रता को मित्रता की तरह नहीं देखते ? क्यों उसे प्रेमी-प्रेमिका या पति-पत्नी का जामा पहनाना जरूरी है । क्या पुरुष के घर में रहने से औरत अपनी स्वतंत्र अस्मिता घोषित नहीं कर

सकती ? क्या मित्रता के अलावा भी कोई रिश्ता जोड़ना जरूरी ही है? क्यों ? अगर मुरली के मित्र ही उसे उसकी नयी गर्लफ्रैंड की तरह देख रहे हैं तो अमित के रिश्तेदार तो जाने क्या सोचें ! कात्यायनी का मन कांप उठा । जिन लोगों ने उसे अपशगुन मान शादी तक में शामिल होने से इन्कार कर दिया वे अब उसे किस कैटेगरी में रखेंगे ?

सुबह जब मुरली से मुखातिब हुई और अपने मन की दुविधा की बात कही तो मुरली उल्टे बोला–देखो कात्यायनी । तुम्हारा मेरा रिश्ता बहुत पुराना है । अमित के मिलने से भी पहले मैं तुमको जानता हूं । दोस्ती तब भी थी, अब भी है । फिर इसमें परेशान होने की क्या बात है ? और इसमें कोई बड़ी बात भी नहीं कि हम साथ रहने का फैसला कर लें । अगर तुमको सही लगे तो वह भी संभव होगा । और तुम कोई सोलह साल की बच्ची नहीं हो कि जिसे दुनिया की इतनी परवाह हो । अब, हम उम्र के जिस पड़ाव पर खड़े हैं उससे दुनिया क्या सोचती है इसकी परवाह भला हम क्यों करें ? हमारी अपनी जिंदगी है, अपने फैसले ।

कात्यायनी का मन फिर भी बेचैन बना रहा–यही फर्क है आदमी और औरत का इस हिन्दुस्तानी समाज में । मुझे विधवा से रांड बना डालेंगे । कभी किसी कोने से तो कभी किसी कोने से कुछ भद्दा-सा सुना दिया जायेगा । तुम्हें क्या फर्क पड़ेगा !

मुरली ने उसके कहे को नजरअंदाज कर कहा–यहां भी लोग आजाद ख्यालों के हो रहे हैं । वे ऐसे नहीं सोचते । कम से कम मैं तो इस तरह नहीं सोचता । तुम जानती हो मैं अमित के भी कितना करीब था । अब उसकी पत्नी का ख्याल रखना क्या मेरा फर्ज नहीं बनता ।

लेकिन जिस बात का कात्यायनी को डर था वह क्षण भी दूर नहीं था । शादी के दो दिन बाद ही भाभी का फोन आ गया था–तुमको लेने कब आऊं ?

कात्यायनी का सच वहां जाने का मन नहीं था । बोली–यहीं रहने दो न । हफ्ते भर में तो वापस अमरीका लौट जाना है ।

कात्यायनी का मन परिवार से सचमुच बहुत उखड़ गया था । जिन

लोगों ने उसे प्यार से अपनाने के बजाय अपशगुन करार दे दिया था उस परिवार के लोगों के साथ भला कोई भी सम्बंध रखने को मन कैसे मानता ? पर वहीं कात्यायनी का स्वाभिमान भी था कि वह शिकायत उनसे कभी न कर पायेगी कि उन्होंने उसे अपशगुन क्यों माना क्योंकि वह कहीं दूसरों के विश्वासों का सम्मान करती है । यह भी सच था कि उसके अपने विश्वासों का तो अपमान ही हुआ था ।

और उसने सुना भाभी कह रही थीं–

वह तो ठीक है पर सब यही कह रहे हैं कि यार के यहां टिकी हुई है । पति को मरे छह महीने भी नहीं हुए और अभी से रंगरेलियां शुरू कर दीं ।

कात्यायनी आहत तो हुई ही पर जो कुछ उसके मुंह से निकला उसने उसे खुद भी हैरान कर दिया–भाभी आपने जैसा जीवन जीना है जिये । जिसे दकियानूसी सोच में रहना है रहे । मुझे मेरी तरह से जीने दें । मैं किसके साथ रहती हूं, क्या करती हूं यह मेरा फैसला है । अपने लिए नियम मैं खुद बना सकती हूं । सही गलत का ज्ञान है मुझे । अगर पुरुष स्वतंत्र है अपना जीवन गढ़ने में तो औरत भी । जिस ब्रह्म ने पुरुष को पैदा किया है उसी ने औरत को भी । मैं भी उसी पुरुष की तरह हिरण्यगर्भा हूं । आपके समाज की छिछोरी बातें मुझे कमजोर नहीं बना सकती । मैं समझ गयी हूं कि पति के न रहने से आप सबकी नजरों में मेरा अवमूल्यन हो गया है, तो ठीक है । आप अपना अवमूल्यन चुपचाप स्वीकार कर लेती हैं पर मैं नहीं करूंगी । आपकी शब्दावली या अर्थों से भी मुझे कुछ नहीं लेना–देना । आप लोग मुझे विधवा कहें या अपशगुन या जो भी उससे मुझे कोई सरोकार नहीं । मेरा मित्र मेरा यार है या मेरा दोस्त । इसकी सफाई आपको नहीं देनी मुझे । किसी को भी नहीं देनी । अमित के साथ भी यहां रहती थी, अब भी रहती रहूंगी । अब भी वही कात्यायनी हूं ! वही औरत ! वही हिरण्यगर्भा !

❖❖

चट्टान के ऊपर, चट्टान के नीचे

डोरा जानसन ने कैशियर को पैसे चुका कर सामान के थैलों की ओर देखा तो आंखों से ही बोझ का अनुमान करने लगी ! सामान कुछ ज्यादा ही ले लिया था ! उठाने में थोड़ा बोझ लगा ही था कि कैश रजिस्टर पर खड़ी लड़की ने अपने पीछे खड़े एक काले लड़के की ओर इशारा कर कहा कि मदद चाहिये तो यह लड़का आपके साथ चला जायेगा! एक दो डालर टिप कर देना ! लड़की ने बताया कि ये लड़के इन्हीं कामों के लिये आ जाते हैं और थोड़ी-सी टिप लेकर जैसी मदद चाहिये हो, कर देते हैं !

चट्टान वाली सड़क समतल नहीं थी ! थोड़ी चढ़ाई चलनी पड़ती थी ! डोरा ने शुक्र मनाया कि चलो मदद हो जायेगी और यह लड़का भी कुछ कमा लेगा ! वह उसे अच्छी टिप दे देगी !

रास्ता चलते-चलते वह उनसे बातें करने लगी ! उसका एक दोस्त भी साथ चल रहा था !

डोरा ने पूछा–कितने साल के हो ?

14 साल

पढ़ते हो ?

हां यहीं पब्लिक स्कूल में

कौन-सी क्लास में

नवीं

आप क्या करती हैं ?

पढ़ाती हूं

कहां

इसी यूनिवर्सिटी में

क्या विषय ?

एन्थ्रोपोलॉजी !

उसने डोरा की ओर इस तरह से देखा जैसे वह कोई बहुत बड़ी हस्ती है !

आप सच में यहां पढ़ाती हैं ?

उसकी आंखों में अभी भी कौतूहल था !

अचानक उसकी आंखों में एक चमक झलकी

तो बड़ा होकर मैं भी इस यूनिवर्सिटी में पढ़ सकता हूं ?

बिलकुल ! यहां कई काले पढ़ते और पढ़ाते हैं ! तुम भी मेहनत करो तो यहां आ सकोगे !

हां मेरी मां भी मुझे कहती रहती है कि मुझे सिर्फ पढ़ने में मन लगाना चाहिए ! गली के लड़कों के साथ खेलना नहीं चाहिये !

तो तुम मां का कहना मानते हो न !

मानता हूं, मानता हूं ! बिलकुल मानता हूं !

तुम स्टोर में क्या कर रहे थे ?

वह तो स्कूल से छुट्टी के बाद हम कुछ पैसा कमाने के लिये जाते हैं ! किसी की मदद हो जाती है, हम कुछ पैसा कमा लेते हैं ! वह कैशियर लड़की हमारी ही गली में रहती है ! हम कुछ गलत काम नहीं करते !

तुम रहते कहां हो ?

नीचे, हारलम में !

हूं !

डोरा पहली बार नीचे से आने वाले किसी लड़के से मिली थी ! वर्ना अब तक यही सुनती रहती थी कि इस इलाके में बड़ा सावधान होकर रहना चाहिये ! एक बार उसका पर्स भूल से सड़क पर खड़ी उसकी गाड़ी में ही रह गया था सो रातों-रात कोई गाड़ी का शीशा तोड़ कर पर्स निकाल कर ले गया ! पर वह किसी को दोष देने के बजाय

खुद को ही कोसती रही कि गलती तो उसी की थी ! कौन भला गाड़ी में पर्स देख कर लुब्ध नहीं होगा ! दरअसल वह उदारमना, संवेदनशील और लिबरल किस्म की महिला थी जो मानव अधिकारों के कई मुद्दों के लिए लड़ चुकी थी ! इसी सिलसिले में वह अफ्रीका और भारत पाकिस्तान की यात्रा भी कर चुकी थी ! यूं भी भारत पाकिस्तान जैसे देशों से उसका एक तरह से पुश्तैनी सम्बंध था ! लेकिन न्यूयार्क के इस इलाके की भी अजीब विडंबनामयी स्थिति थी ! जैसे कि अक्सर शहरों में होता है कि अमीरों की बस्ती के आस-पास ही झुग्गी झोपड़ियों का इकट्ठा होना शुरू हो जाता है ! न्यूयार्क के इस हिस्से का विकास इस नजरिये से काफी दिलचस्प और कुछ अपने ढंग का ही है जिसमें हारलम और अभिजात वर्ग का एक उच्चतम शिक्षण संस्थान, दोनों की ही सीमायें शामिल हैं, दोनों ही एक साथ फलते-फूलते, फैलते हैं ! यहां की इस सबसे अभिजात यूनिवर्सिटी और झुग्गी बस्ती को बांटनेवाली पूर्व की ओर एक बड़ी-सी चट्टान है यानी कि जैसे कि होना चाहिये चट्टान के ऊपर तो यूनिवर्सिटी बनी है जहां गोरे अमरीकियों की एक श्रेष्ठ बस्ती है और चट्टान के नीचे जहां गरीबी और अभाव में पलती कालों की बस्ती है या कि आजकल जिन्हें एशियाइयों के तोल में अफ्रीकी मूल के निवासी कहलाना ज्यादा सम्मानजनक लगता है ! चट्टान के नीचे भी एक पार्क बना है जो ऊंचाई के साथ-साथ निचले धरातल पर भी दोनों बस्तियों की दूरी कुछ और चौड़ी कर देता है ! दरअसल जहां चट्टान शुरू होती है, वहीं से पार्क शुरू हो जाता है ! यूं तो पार्क में सीढ़ियां भी बनी हैं जो पार्क को कई धरातलों में बांटती हुई सबसे नीचे के पार्क के धरातल पर ले जाती हैं ! यही सीढ़ियां नीचे वालों को ऊपर ला सकती हैं ! ऊपर से नीचे जाने से तो लोगबाग डर जाते हैं पर नीचे से ऊपर आने वालों को रोक पाना अक्सर मुश्किल हो जाता है ! क्योंकि हिमालय जैसी ऊंची भी नहीं है चट्टान कि उसे पार ही करना बड़ा साहस का काम हो !

मुश्किल से दो तीन सौ फीट के करीब होगी ! इसीलिये काफी दिनों तक लोहे के कँटीले तार लगाकर यह सीढ़ियां बंद भी कर दी गयी थीं

पर तारों को हटा लेने वाले भी काफी ताकतवर हैं जो जल्दी ही रास्ता बना कर वे चले ही आते थे ! सो यह फैसला किया गया कि तारों का लाभ तो है नहीं सो इनको हटा ही देते हैं ! यूं भी यह यूनिवर्सिटी ज्यादातर उदारमना बुद्धिजीवियों की ही मानी जाती थी । जो बिना वजह किसी नागरिक की आवाजाही पर रोक नहीं लगाना चाहते थे ! मूलतः वे मानव समानता में विश्वास रखने वाले लोग थे लेकिन जब अपनी सुरक्षा का सवाल उठता है तो मन का डोल जाना भी स्वाभाविक है! तो यह भी चट्टान के ऊपरवालों की मैनेजमेंट का ही निर्णय होता था कि तार हटाये जायें या और मजबूती से लगाये जायें और ऊपरवालों के मूड के हिसाब से ही परिवर्तन होता रहता था ! यानी कि अगर ऊपरवाली मैनेजमेंट में डर की जगह मानव समभाव जाग गया तो वे कुछ नरम पड़ जाते और तार मजबूत करने की परवाह नहीं करते ! फिर जब कोई छोटा-मोटा हमला या हादसा हो जाता तो वे ऊपरवालों की सुरक्षा के लिये कमर कस कर डट जाते ! यानी कि डर सर्वोपरि हो जाता । बस ऐसे ही चलता रहता, कभी नरम तो कभी गरम ।

लड़का इमारत के बाहर वाले दरवाजे पर ही रूक गया ! शायद उसे कुछ अहसास होगा कि वह अनधिकृत इलाके में प्रवेश कर रहा है ! दोनों लड़कों ने थैले नीचे रख दिये । डोरा को लगा कि उसे अंदर तक ले जाने में भी मुश्किल होगी । उसने स्नेहपूर्वक उन लड़कों की ओर देखा । कहा—अंदर चलो न ! यहां क्यों रख दिये थैले ?

दोनों बिना कुछ सवाल पूछे आज्ञा का पालन करते हुए उसके पीछे-पीछे आये और डोरा ने सामान रसोई में रखवा लिया ! लड़के ने अपार्टमेंट की दीवारों पर लगी शेर और चीते की खाल को हैरानी से देखते हुए पूछा—क्या यह रियल (असली) है ?

हां

मैं इसे छू सकता हूं ?

उसने जैसे डरते-डरते छुआ ! आंखें कौतूहल और अचंभे से चमक रही थीं !

कहां से आयीं ?

इंडिया से ।

आप इंडिया गयी थीं ।

मैं वहां भी रहती थी ! जब बहुत छोटी थी । बाद में रिसर्च के लिये गयी थी । लेकिन ये मेरे नाना ने दी थीं । वे इंडिया में डिप्लोमेट थे ।

तो इंडिया में शेर होते हैं ।

हां शेर, चीते, गैंडे, सांप सभी तरह के जानवर होते हैं ।

अफ्रीका जैसे ।

हां लेकिन वहां से कम ।

उसे वह लड़का बहुत सहज-सा, बच्चा-सा लगा ।

सहसा उसे ध्यान आया कि लड़के चढ़ाई पर सामान उठाकर लाये हैं, प्यासे होंगे । पूछ लिया

जूस पियोगे ?

लड़के ने साथी की ओर देख कर कहा

पियेंगे ! थैंक्यू !!

मेरा नाम डोरा है, तुम्हारे नाम क्या हैं ?

मैं जैस्सी और ये रौनी !

जब वे जूस पी रहे थे, तभी डोरा को जैसे अचानक ख्याल आया ।

सुनो तुम काम करना चाहते हो न ?

हां बिलकुल ! कोई काम दे सकती हैं आप मुझे ?

सफाई करना जानते हो ?

मेरी मां कभी-कभी मुझसे घर के काम करवाती है । झाड़ू भी, कपड़े और बर्तन भी मशीन में डालता हूं ।

बहुत अच्छे तो मेरे घर की सफाई कर पाओगे ।

आप जो-जो कहेंगी, करूंगा ।

ठीक है ! शुक्रवार दोपहर 3 बजे आ जाओ, आ सकोगे ।

ठीक है ।

डोरा ने दोनों को उनकी अपेक्षा से कहीं ज्यादा टिप दी और वे खूब खुशी-खुशी उछलते-उछलते सीढ़ियों से नीचे उतर घर लौटे !

उनके जाने के बाद डोरा के मन में जरा-सा खटका जरूर हुआ ।

क्या ठीक किया उसने ? वह तो इन लड़कों को जानती नहीं ! अगर कुछ चोरी-वोरी कर ली तो ? शाम को साथी घर आये तो जिक्र किया ! पहले तो हैरी का माथा भी ठनका ! बोले–अपने सामने सफाई करवाना। चोरी-चकारी कैसे होगी ।

शुक्रवार पूरे तीन बजे घंटी बज गयी । तो लड़का भरोसे लायक है। देखें काम कैसा करता है ।

वह अकेला ही आया था । बहुत उत्साहित था जैसे कि नयी नौकरी लगने पर कोई हो सकता है । बताइये कहां से शुरू करूं ?

ये लो ! पहले झाड़-पोंछ कर लो, फिर झाड़ू और उसके बाद ये कपड़े नीचे ले जाकर लांड्री मशीन में डाल देना ।

वह एक के बाद एक पूरा मन लगाकर हर काम करता रहा । काउंटर पर दो जगह रेड वाइन के दाग लग गये थे । उसने खूब रगड़-रगड़ कर दाग एकदम मिटा दिये । डोरा ने उसे कपड़े धोने की मशीन के लिये सिक्के दिये और वह कपड़ों की गठरी और साबुन लेकर बेसमेंट में धोने चला गया ।

थोड़ी ही देर में ऊपर आया तो परेशान-सा, लगभग हांफ सा रहा था । डोरा घबरा गयी ! पूछा–क्या हुआ ।

वह हांफता-हांफता बोला

एक एशियन लेडी मुझ से पूछ रही थी कि मैं कौन हूं, बिल्डिंग में कैसे आया ? मैंने कहा कि मैं आपके अपार्टमेंट में काम कर रहा हूं । पर उसको विश्वास ही नहीं हुआ । कहने लगी कि वह आपसे पूछेंगी । वह आयेगी आप से पूछने ।

तो क्या हुआ ? पूछेगी तो बता देंग । तुम क्यों इतना घबराये हुए हो ?

वह मुझको डांट रही थी जैसे कि मैं कोई ऐसा-वैसा हूं और चोरी करने आया हूं ।

वट नानसेंस ! तुम फिक्र मत करो मैं उसको समझा दूंगी ।

उसने जल्दी से बाकी का काम खत्म किया । डोरा ने पैसे चुकाये और उसे अगले शुक्रवार आने को कहा ।

थोड़ी देर बाद किसी ने डोरा का दरवाजा खटखटाया। नीचे के तले पर रहने वाली भारतीय पड़ोसन थी। उसे देखते ही अंदाज तो हो गया था कि क्या बात करने वाली है। फिर भी बहुत विनम्रता से पूछा—क्या कर सकती हूं आपके लिये ?

वह जैसे भरी-सी हुई थी। छूटते ही बोली—उस काले लड़के को आपने अंदर बुलाया था ?

जी हां !

क्या आप उसे जानती हैं ?

हां, स्टोर में मिला था।

स्टोर में मिला और आपने उसे घर में काम पर रख लिया।

इतनी-सी बात नहीं। वह हाईस्कूल में पढ़ता है। बड़ा ईमानदार लड़का है। बहुत विनम्र, काम पसंद करने वाला और सभ्य ! स्टोर से उठाये लड़के के बारे में आप ऐसे बोल रही हैं जैसे कि बरसों से जानती हों। मैं जानती हूं, इनका न तो कोई ठौर-ठिकाना होता है, न कोई वैल्यूज ! मां बाप खुद ड्रग्ज और शराब में पड़े रहते हैं तो बच्चों को क्या सिखायेंगे ! तभी आये दिन इतने अपराध करते हैं ये लोग ! जेलें भरी पड़ी हैं इनसे। देखिये आप खुद को तो खतरे में डाल ही रही हैं, हम सब को भी खतरे में एक्सपोज कर रही हैं। कल को यह किसी के घर में घुस कर चोरी करने लगा या किसी पर हमला कर दिया तो आप क्या कर लेंगी ? ये टीनएजर ही तो ऐसी खुराफातें करते हैं। आपको इसे बिल्डिंग में नहीं घुसाना चाहिये।

ठीक है ! पर वह भारतीय महिला उसके छोटे से जवाब से और भी असंतुष्ट हो गयी। शायद डोरा के चेहरे से उसे लगा कि उसकी बात का कोई असर डोरा पर नहीं हो रहा है।

वह भारतीय महिला और जोर देकर बोली—आपको क्या याद नहीं कि दो महीने पहले कैसे प्रोफेसर पोलक पर हमला हुआ था ! ओह हां ! यह सच्ची बात कही थी उस भारतीय महिला ने।

शायद इसीलिये वह इस तरह पैनिक कर रही थी। अभी उस दिन की तो बात थी। इसी इमारत के एक प्रोफेसर स्टोर से थैले उठाये घर

चले आ रहे थे । बस चट्टान के नीचे से आने वाले दो छोकरे उनके पीछे लग लिये । इतिहास के प्रोफेसर अपनी दुनिया में खोये-खोये से खरामा-खरामा चले आ रहे थे । उसी धुन में इमारत के अंदर चल दिये! छोकरे पीछे-पीछे । छोकरे तो खामोश थे ही क्योंकि वार की ताक में थे, प्रोफेसर साहब इतिहास की किसी उधेड़बुन में ! अपार्टमेंट के बाहर पहुंचकर जेब से चाबी निकाली तो एक छोकरे ने आस-पास किसी को न पा, मुंह पर घूंसा दे मारा ! खटाक से दोनों ग्रोसरी के थैले एक ने उठाये, दूसरे ने पैंट की पीछे की पॉकेट से बटुआ निकाला और मिनटों में इमारत से बाहर आ सीढ़ियों के रास्ते से पार्क में गायब !

पार्क भी तो खूब घना था ! इसीलिये ज्यादातर ये चोरी-चकारी गर्मियों में होती थी क्योंकि सर्दियों में एक तो पेड़ नंगधड़ंग हो जाते हैं सो पर्दा नहीं रहता । दूसरे बर्फ गिरी हो तो भागने में भी न तो तेजी रहती है, गिरने का खतरा अलग सो पुलिस तो बहुत जल्द काबू में कर सकती है । गर्मियों में बाहर मौसम सुहावना होता है तो तफरीह के लिये बाहर निकलना ही होता है या जब गर्मी लगती है तो खुराफातों के लिये भी मन मचलता है और एक बार मन मौज में आ गया तो फिर जिसकी भी शामत आ जाये !

हां तो वह इतिहासविद् नाक पर घूंसा खाकर संतुलन खो बैठे और अपने दरवाजे के बाहर ही फर्श पर लमलेट हो गये । कुछ देर बाद होश आया तो लड़के गायब हो चुके थे । उन्होंने तो उनको देखा तक नहीं था ! इतना अचानक हुआ था यह सब । अब पुलिस को क्या और कैसे शिकायत की जाये ? वैसे इतना उसको अंदाज था या कि सिक्सथ सेंस भी कि वे काले छोकरे थे सो जाहिर है कि नीचे से ही आये होंगे । यानी कि नीचे वालों की आमदरफ्ती पर और रोक लगायी जानी चाहिये ।

जहां-जहां चट्टान का मुंह खुलता था, वहां-वहां पुलिस तैनात कर दी गयी, खासतौर से जहां कि यूनिवर्सिटी के महत्वपूर्ण लोगों के घर थे ।

अगले दिन हर इमारत के प्रमुख स्थानों और दरवाजों पर यह नोटिस

चिपका हुआ था—सावधान !

मौरनिंगसाईड के निवासियों को सूचित किया जाता है कि उनको चट्टान के नीचे से आने वाले चोर-उचक्कों से सावधान रहना चाहिये। कल शाम छह बजे एक प्रोफेसर पर उसके अपार्टमेंट के आगे हमला हुआ ! प्रोफेसर की ग्रोसरी और बटुआ लेकर हमलावर चंपत हो गये ! जब भी आप मौरनिंगसाईड पर हों तो ध्यान से देखते रहिये कि आपका कोई पीछा तो नहीं कर रहा है ।

सब खूब चौकन्ने हो गये । यूं इस तरह की चेतावनियां अक्सर आती ही रहतीं थी । सो कोई नयी बात नहीं थी । फिर भी हर नयी चेतावनी के साथ सब और सावधान हो जाते थे । सावधान मतलब कि अंधेरे में पार्क वाली सड़क पर कभी न जाना और पार्क को तो अंदर से किसी ने देखा ही न था । खैर इस इमारत में सारे पड़ोसी जब भी लिफ्ट या लाबी में एक दूसरे के सामने पड़ते तो बस इसी हमले की बात शुरू हो जाती । यह उन दिनों की सबसे सनसनीखेज खबर थी और लोग इसमें खूब दो-चार और चिकनी-चुपड़ी जोड़कर सुनाते ।

वह भारतीय महिला कहे जा रही थी मैंने ही तो बेहोश पड़ा देखा था प्रोफेसर पोलक को और फिर एंबुलेंस बुलवायी । वह तो शुक्र है कि बहुत चोट नहीं आयी थी पर खुदा न करे उनके पास कोई हथियार होता तो ?

वह भारतीय महिला जिसका नाम पद्मा था, काफी अरसे से इस इमारत में रहती थी और आपको गोरों जैसा ही समझती थी । उन्हीं से मिलती-जुलती थी और खुद को उन्हीं के साथ जोड़कर देखती थी । पढ़ी-लिखी थी, मेधावी थी और गोरों की तरह ही ऊपर उठना चाहती थी । उसने शादी भी एक अमरीकी प्रोफेसर से की थी और खुद भी बायोलॉजी पढ़ाती थी । पुरानी रह रही थी तो उसका सबके साथ आना जाना या जान-पहचान भी थी ! शायद वह गोरों का अपनापन हासिल करने के लिये कालों के खिलाफ हो जाती । यूं भी उसे लगता कि वह कहीं दूर से भी कालों जैसी नहीं है । वह तो हर तरह से यहां के गोरों के मुकाबले की ही थी और उसी तरह से अपनी पहचान बनवाना

चाहती थी ।

डोरा की सोच तो बहुत अलग किस्म की थी । वह उन सब से जुड़ना चाहती थी, जानना चाहती थी जो उससे अलग थे, दूसरी दुनिया के थे और अभाव की दुनिया में जी रहे थे । खुले मौसम में अक्सर पार्क के किनारे खड़ी हो जाती थी । चट्टान के ऊपर से ही पार्क की रेलिंग के सहारे खड़े हो नीचे झांकती और फिर टूटी बीयर की बोतलें, कागज और प्लास्टिक की चिंदियों के अंबार सूखे पत्तों से घुल-मिल एक अजीब-सी पीड़ा पहुंचाते ।

हमेशा सोचती कि इस स्थिति का कुछ इलाज होना चाहिये । जिनसे डरते हैं लोग, जिनसे हमेशा हमले का खतरा रहता है, उनसे घुला-मिला जाये, दोस्ती की जाये तो क्या फिर भी यही स्थिति रहेगी । अगर वे भी ऊंचे समाज की संपन्नता के भागीदार हो सकें तो क्योंकर नफरत करेंगे वे ! लेकिन उसे परेशानी होने लगती कि कब कैसे यह हो पायेगा ! इसके लिये तो समाज में बड़े आधारभूत परिवर्तन की जरूरत है । यह बरसों की गुलामी का इतिहास कब जाकर लोगों की स्मृति से मिटेगा ।

अक्सर आंख पार्क के अंदर देखने के बजाय दूर कहीं टिक जाती । ऊंचाई पर होने की वजह से दूर-दूर तक के नजारे किसी उजले धुपीले दिन में तो खूब साफ-साफ दीख जाते थे । जैसे कि बायीं ओर और सामने इस्ट रिवर पर बने हुए लंबे-लंबे पुल जिन पर हमेशा गाड़ियों का तांता लगा होता और दायीं ओर वर्ल्ड ट्रेड सेंटर की जुड़वां इमारतें जो कि अब भस्म ही हो चुकी हैं पर पहले बहुत साफ दिखा करती थीं । वहां हादसा होने के बहुत दिन बाद तक वह और उसका साथी धुएं के बादल देखा करते थे । अब तो बस शून्य है उस हिस्से पर ।

डोरा को यह इलाका बहुत पसंद था । यूं तो उसे यहां आये पांच छह साल ही हुए थे पर उसे यहां की शांति, पार्क की हरियाली सब बहुत मोहक लगते ।

फिर इस जगह का ऐतिहासिक महत्त्व भी तो था । पार्क के साथ लगी यह सड़क तो लगभग सौ दो सौ बरस पुरानी है । पार्क के साम. ने बनी इमारतें करीब ढाई सौ साल पुरानी हैं । एक बहुत बड़ा चर्च

भी बना है जो हमेशा बनता ही रहता है या कहिये कि आज तक संपूर्ण नहीं हुआ । सड़क के पार्क वाली तरफ के पेड़ों के तने देखकर भी अंदाज लगाया जा सकता है कि डेढ़ दो सौ साल से कम पुराने नहीं ।

खूब फैल गये हैं पेड़ ! वसंत में उन की डालियों पर नन्हीं-नन्हीं कोंपले खिल आती हैं और अलग-अलग किस्म के फूलों से लद जाते हैं पेड़ । गर्मियों में हरी-हरी पत्तियों से ढके खूब घनी छाया देते हैं, पतझड़ में पत्तों के रंग बदलते ही सारी सड़क रंगों की होली खेलने लगती है और सर्दियों में इनकी बेपर्द शाखायें जैसे संगीत की लहरों को आकार दे रही होती हैं ।

डोरा सड़क के किनारे बेंच पर अक्सर धूप में आकर बैठ जाती। बड़ी आकर्षक, लोचदार और लहरीली दिखती है हवा में झूमती क्योंकि बहुत कम लोग इस ओर आते सो शांति ही रहती । ज्यादातर लोग कैम्पस के मुख्य हिस्से में ही चलते-फिरते दिखते । धूप में वहीं लाइब्रेरी के सामने बनी सीढ़ियों पर बैठ धूप सेंकते । लेकिन इधर कभी कभी कोई कुछ कुत्तों को घुमाने चला आता तो वह भी देखना डोरा को सुखद लगता । सड़क पर हर चार-पांच लाक के बाद पार्क का मुहाना था जहां सीढ़ियों से आया-जाया जा सकता था । यूं पार्क का आर्किटेक्चरल डिजाईन काफी खूबसूरत था । इस पार्क को उसी वास्तुकार ने डिजाईन किया था जिसने इस शहर के सबसे सुंदर पार्क सेंट्रल पार्क को डिजाईन किया था । इसलिये पूरे पार्क की परिकल्पना ही खूबसूरत थी । ऊंचाई से निचाई तक का डिजाईन भी बड़ा दिलचस्प मालूम होता था, हर मुहाने की सीढ़ियां भी अलग डिजाईन की थी, बीचोंबीच एक झरना बहता था जिसका पानी नीचे एक तालाब में गिरता था जहां बत्तखें और मुर्गाबियां रहती थीं । अक्सर जंगली फूल भी खिल जाते थे । पानी, फूल और पेड़ पौधे थे तो किस्म-किस्म की चिड़ियां भी यहां आया करती थीं । अक्सर गर्मियों में चिड़ियों के शौकीन दूरबीन लिये पार्क के आस-पास घूम रहे होते । सो पार्क को अगर काले इंसानों से खतरा न हो तो बाकी बहुत कुछ वहां था । चूंकि खतरा तो

था ही सो पुलिस भी वहां जाने से घबराती थी जिसका परिणाम यह हुआ कि यह पार्क नशीली दवाई बेचने-खरीदने वालों का अड्डा बन गया था । पुलिस की दखलअंदाजी का अंदेशा कम होने से ड्रग्स के लिये यह जगह खूब सुरक्षित हो गयी थी । नशा करने वालों का भी यह अड्डा बन गया । शाम को पार्क के एक सिरे पर खड़े हो जायें तो किस्म-किस्म की नशीली दवाईयों के भभके हवा के झोंकों के साथ तैरते चले आते । यूनिवर्सिटी के प्रेसीडेंट का बड़ा-सा तिमंजिला घर भी चट्टान के ऊपर ठीक इस पार्क के सामने ही था । दरअसल घर सूना ही पड़ा रहता था और प्रेसिडेंट शहर से दूर हरियाली से घिरे एक सुरक्षित इलाके में रहता था । वैसे तो यह यूनिवर्सिटी ही एक द्वीप की तरह इसी तरह की गरीब बस्तियों का सैलाब था, एक ओर हडसन नदी और बीचों-बीच यह किले जैसी लाल ईंटों और सीमेंट की साफ-सुथरी प्राचीन ग्रीक वास्तुकला के नमूनों से होड़ करती यूनिवर्सिटी की इमारतें, जहां बहुत शांति से अध्यापन का कार्य सम्पन्न होता । यहां के विद्यार्थी और प्रोफेसर देश में बड़े-बड़े ओहदों पर नियुक्त होते, विश्व में नोबुल पुरुस्कार विजेता होते, बड़े-बड़े बिजनेसों के अधिकारी, संचालक व निर्देशक होते और सारे देश की बागडोर संभालने वालों में से होते ।

भारतीय महिला की बात जारी थी । वह हर तरह से डोरा से अपनी बात को खरा करवाने पर तुली थी वह कह रही थी—सच कहूं तो एक बार मैं भी हमले का निशाना बनी थी । वह भी मेरा ही पागलपन था। वही गर्मी के दिन थे सो हमारा भी मन कर आया कि सड़क पर ठंडी हवा नौश फरमायी जाये । पार्क में पेड़ों की हरियाली को छूकर आती हवा सच में बहुत मादक लगती थी । खुराफातों का वक्त भी यहां की गर्मी का समां ही होता है । मैं और मेरे पति सड़क के और भी सूने हिस्से की ओर चले गये । बस कुछ लड़के नीचे से भाग कर हमारी ओर दौड़े । हम तो सरपट भागे और प्रेसिडेंट के घर के आगे बैठे सिक्योरिटी गार्ड के पास आकर दम लिया । लड़के फिर डर कर वापिस नीचे भाग गये । बस बच गये पर होने को तो कुछ भी हो सकता था ।

डोरा उस महिला की बात सुनकर अपना धीरज खो रही थी । बस

इतना कहा–ठीक है, ठीक है । मैं ध्यान रखूंगी और कहकर उसने किवाड़ तो बंद कर दिया पर मन में बहुत हलचल मची रही । बहुत गुस्सा आया उस पड़ोसन पर । इतनी तंगदिमाग है कि काले रंग को क्या देख लिया कि शक करने लग गयी । जैसे सारे काले लड़के चोर डाकू ही होते हैं । बेचारा काम करके पैसे कमा रहा है तो तुमको क्यों तकलीफ होती है । फिर यूनिवर्सिटी भर में सफाई, सिक्योरिटी के सारे काम कालों ने ही संभाले हुए हैं । तुमको इस लड़के से इतनी तकलीफ क्यों है ? गोरे हों चाहे ऐशियाई, बढ़िया नौकरियां तो खुद हजम कर जाते हैं । सारी एकैडमिक दुनिया में गंदगी फैलायी हुई है । दूसरों का गला घोंट कर अपनी नौकरी पक्की करते हैं और यह बेचारे लड़के के पीछे पड़ी है । उसने मन में ठान लिया था कि वह लड़के को आने देगी । टू हैल विद दिस वुमन ! इसके कहने से रोकेगी नहीं ।

अगले शुक्रवार को वह नियमित रूप से आया । काम करते हुए पूछा क्या वह महिला आयी थी ? वह बहुत नाराज थी । हां आयी थी! उससे कुछ नहीं होता ! तुम अपना काम करो !

वह बताता रहा–मेरी मां एक दिन आपसे मिलना चाहती है । वह नहीं चाहती मैं काम करूं ।

पर मैंने बताया कि आप बहुत अच्छी हैं ! वे आपसे मिलेंगी ! मां कहती है कि यहां मेरे साथी अच्छे नहीं ! वे मुझे टेनेसी भेज देंगी पढ़ने के लिये ।

क्यों ?

वहां मेरे नाना–नानी हैं ! वहां स्कूल ज्यादा अच्छे हैं ! यहां शहर के स्कूल अच्छे नहीं ! लड़के पढ़ाई नहीं करते, उधम मचाते हैं ।

मां कहती है कि मुझको एक अच्छा इंसान बनना है ।

क्या तुम...

हां मैं भी पढ़–लिखकर अच्छे काम में लगना चाहता हूं ।

उस दिन वह काम करके चला गया और कोई घटना नहीं हुई तो डोरा ने चैन की सांस ली । वह भारतीय औरत एकाध बार ऐलिवेटर में थी तभी तो कोई बात नहीं हुई । एक दिन एक दूसरे पड़ोसी ने ही

पूछा आपके यहां कोई काला छोकरा काम करता है ?

हां ! क्यों ?

उस दिन उसे इमारत से बाहर निकलते देखा तो हैरान रह गया कि यह हमारी इमारत में कैसे आ गया तो तब उसने आपका नाम बताया ! फिर पद्मा ने भी बतलाया...

पद्मा यानी कि वही पड़ोसन जो डोरा से शिकायत करने आयी थी कि इमारत में ऐसे-वैसे लोगों को मत आने दे ! जो खुद चाहे सांवली है पर खुद को कालों से बहुत श्रेष्ठतर समझती है ।

तो बात फैल गयी लगती है ।

डोरा अच्छा कह कर चुप हो गयी । इस विषय पर और बात करना सही नहीं लगा । इनको क्या मतलब कि वह अपने घर में क्या करती है । क्या वह इनके घर जाकर देखती है कि कौन क्या कर रहा है ?

अगले शुक्रवार जैस्सी आया तो कहने लगा-आपकी बिल्डिंग के लोग बड़े अजीब हैं । मुझको ऐसे घूरते हैं आंखों से कि जैसे कच्चा ही चबा डालेंगे ।

पागल हैं ! डरपोक ! बेबात डरते हैं । तुम मत परवाह करना ! तुम अपना काम करते रहो ।

लड़का हमेशा की तरह ईमानदारी और लगन से सारा काम कर चला गया । डोरा साथ ही साथ उसके पैसे भी चुका देती । अच्छा काम करने की कुछ टिप भी पा जाता वह ।

पर उस दिन के बाद से वह लड़का उस इमारत में कभी नहीं आ सका । शाम को डोरा के दरवाजे के नीचे मैनेजमेंट की ओर से चिट्ठी पड़ी थी ।

इमारत के रेजीडेंट्स की सुरक्षा हम सब की सामूहिक जिम्मेदारी है । किसी भी अनजान व्यक्ति को इमारत में घुसने देना विपत्ति को आमंत्रित करना है । ऐसे किस्से आम देखे गये हैं कि किसी बहाने से अनपहचाने लोग इमारत के अंदर आ जाते हैं और रहने वालों की सुरक्षा पर सवाल लग जाता है । आपसे निवेदन किया जाता है कि आगे से किसी ऐसे व्यक्ति को इमारत में आने से रोकें ।

तो डोरा की शिकायत हो चुकी थी और फैसला भी सुनाया जा चुका था । कहां तो वह सोच रही थी कि सब ठंडा पड़ गया कि वक्त के साथ सब उस लड़के के आदी हो जायेंगे, उसे जान लेंगे कि वह कितना अच्छा लड़का है । पर यहां तो अंदर ही अंदर सब उल्टा ही पक चुका था ।

वह हक्की-बक्की, निढाल-सी होकर वहीं फर्श पर बैठ गयी ।

मैनेजमेंट का खत हाथ में था और डोरा सोच रही थी कि जिस विश्वास को वर्षों के इतिहास ने खो दिया है, उसे अभी और कितने वर्ष लगने हैं खुद को जमाने में ।

क्या या तो सिर्फ चट्टान के ऊपर रहा जा सकता था, या चट्टान के नीचे । क्या नीचे वाले ऊपर वालों के जीवन के भागी कभी नहीं होंगे ! या ऊपर वाले चट्टान के नीचे बह रहे जीवन के ? यह दूरी कभी खत्म नहीं होगी ?

पर डोरा जानती थी वह खामोश नहीं बैठी रहेगी । कल ही यूनिवर्सिटी के प्रेसिडेंट को खत लिख कर विरोध करेंगे । जो दूरी बढ़ती जा रही है, उसे खत्म करना है । अब उसे इंसानियत के बारे में सिर्फ पढ़ना और लिखना ही नहीं, कुछ करने की भी जरूरत है । लेकिन कितनी देर लगेगी ?

❖❖

तराजू पर

सुबह होते ही उसने ताजी-हवा के लिए खिड़की खोली तो हवा का एक झोंका बहुत पहचानी सी खुशबू उसके नथुनों में भर गया । सालों पहले की पहचानी तरह-तरह की गंधों से मिली-जुली हवा । हवा जो तब अपने साथ हिन्दुस्तान की यादें लाया करती थी-अदरक की कढ़ी हुई चाय से निकलती भाप की तरह गरमाहट लिये, तले जाते समोसों और पूरियों का खस्तापन लिये और कुछ आस-पास फैली गंदगी में भी एक अपनापन सहेजे ।

नीता को लगा जैसे एक बार फिर से वही कहानी दुहराई जा रही है । शायद ठीक वही कहानी नहीं है अबके । यूं भी कोई भी चीज एकदम तो एक-सी नहीं होती पर फिर भी कुछ वैसी ही लगती होती है । बस कुछ ऐसा ही ।

बहुत बार ऐसा होता है न । वर्तमान या कोई एक स्थिति बहुत जानी पहचानी-सी लगती है और उस पहचान में गुजरे हुए दिनों की कोई दबी-सी पीड़ा भी कसक ब' कर साथ ही चली आती है ।

आज एक अरसे बाद उसे अपने पहले पति की बहुत याद आ रही थी । शायद माहौल का असर था । याद ही नहीं, बस मन कर रहा था कि किसी तरह वह सामने आ जाये तो अपना दुखड़ा सुना डाले । कितनी अजीब बात है अखिल का इस तरह याद आना: या शायद इसे याद कहना भी नहीं चाहिये । याद करना तो वह होता है जब किसी की कमी महसूस हो या उसके सान्निध्य की चाह हो, कसक हो । ऐसा तो कुछ नहीं महसूसती अब वह । इस तरह लड़-झगड़ के तलाक लिया

गया था कि उसकी याद तो कांटों की झड़बेरी में नंगे बदन फंस जाने जैसी तकलीफ दे जाती थी । नीता के लिये सबसे ज्यादा जरूरी यही होता था कि किसी तरह अखिल से जुड़ी किसी भी तरह की स्मृति से परे रहे । और वह एक तरह से सफल हो भी गयी थी । यूं तो बच्चों की वजह से आज भी कभी-कभार सामना हो ही जाता था पर उस टक्कर में वह जख्म नहीं होता था जो कई वर्षों तक घाव उकेरने की पीड़ा दे जाता रहा था । याद है उसे कभी बच्चों के स्कूली फंक्शन में या पेरेंट्स डे पर अखिल से सामना हो जाता तो दिमाग की परतों पर कोई-न-कोई किस्सा दुबारा से उतरने लगता और बस घंटों तिलमिलाती रहती । हर बात का पछतावा-सा होने लगता... यह कहना चाहिये था मुझे...यह जवाब देना था, पता नहीं पागल थी कि इससे शादी की ।

घाव तो अब शायद भर ही गये थे या इसे इस तरह से भी कहा जा सकता है कि घाव कभी पूरी तरह से भरते नहीं और भर भी जायें तो गहरे निशान उनके होने का अहसास दिलाते रहते हैं । पर हर नया सामना अब पुराने जख्मों को छेड़ता नहीं । सुरक्षा की दीवार चोटें खा-खा कर काफी मजबूत हो गयी हैं ।

अखिल से तलाक के बाद सालों तक नीता ने दूसरी शादी नहीं की थी । करने का इरादा भी नहीं था अगर माइक उसकी जिंदगी में न आता । दोनों ने ही शादी का फैसला लेने में खासा वक्त लिया । कम-से-कम छह सात साल तो लग ही गये होंगे । नीता पहली शादी के परिणाम से जली बैठी थी और माइक को हमेशा से ही शादी का शौक नहीं था । शौक नहीं या कहें कि शादी के जुए को अपने कंधे पर ढोने से डरता था । उसे लगता कहीं उसके बोझ से वह इतना न दब जाये कि उसका अपना आपा ही मसल दिया जाय । इसीलिए उसने खुद को अब तक इसमें जुतने से बचाये रखा था । यूं ऐसी बात नहीं कि वह किसी की जिम्मेदारी नहीं ले सकता था जोकि शादी की एक अहम शर्त होती है । उसका अपने भाई से मिलना-जुलना होता था जैसे कि इतवार या शनिवार को दोनों गोल्फ खेलने जाते । उसकी मां की तो मौत हो चुकी थी पर पिता अभी जिंदा थे और काफी बूढ़े थे । उनको

देख-रेख की खासी जरूरत रहती थी । दोनों भाइयों ने आपस में ड्यूटी बांध रखी थी । एक हफ्ते भाई पिता से मिलने जाता, उनकी जरूरत की चीजें पहुंचा आता तो दूसरे हफ्ते दूसरा यह जिम्मेदारी निभाता । नीता को भला लगता कि माइक अपने पिता का ख्याल रखता है तो मन का भला इंसान ही होगा । फिर ऐसा हुआ कि जब पिता बहुत बीमार रहने लगे और अपना ख्याल नहीं रख सकते थे तो दोनों भाइयों ने उनको नर्सिंग होम में दाखिल कर दिया था । वहां भी फिर एक हफ्ता मैट और दूसरा हफ्ता माइक मिलने चले जाते । नीता को तब लगा था कि बेचारे करें भी क्या ? बीमार पिता के लिये घर में तो बैठा नहीं जा सकता। नौकरी तो सबको करनी ही है । नर्सिंग होम में उनकी देखभाल तो हो ही रही थी ।

यूं भी तब माइक की हर बात अच्छी लगती थी । वह नीता को प्यार करता था और नीता माइक को । उसे याद है एक बार नीता की कार की एक वैन से टक्कर हो गयी थी । नीता को बहुत चोटें लगी थीं । माइक ही ने तो उसका ख्याल किया था । कभी खाना बना के खिलाता, कभी मालिश करता और साथ ही लगातार उसके मुंह से यही निकलता–आइ लव यू नीता । यूं यह वाक्य तो अभी भी उसके मुंह से निकलता ही रहता है । तब शादी नहीं हुई थी उनकी । यूं तो शादी के बाद से भी पता नहीं कितनी बार सुन चुकी है पर जाने क्यों खोखले लगते हैं ये शब्द, एकदम थोथे । जैसे बस इतना-सा ही प्यार हो, इतना थोड़ा, इतना नाममात्र का जो बस इस छोटे से वाक्यांश में समा जाता हो और इसके बाहर, इससे अलग इस प्यार की कोई हस्ती न हो। सिर्फ एक आदत भर । सिर्फ शब्द बोलने की आदत ।

यूं तो नीता को यह भी पता था कि माइक आत्मनिर्भर होने में ही विश्वास रखता है । वह है भी पूरी तरह से आत्मनिर्भर । हमेशा से या कहें अठारह साल की उम्र से अकेला रहता रहा है, खाना खुद बना सकता है, स्वस्थ है सो कोई बड़ी बीमारी नहीं हुई उसको कि किसी पर निर्भर रहना पड़ा हो । एक बार जिम में कसरत करते हुए पैर में मोच आ गयी थी सो नीता ने उसे चलने से रोक दिया था और बिस्तर

पर ही खाना पहुंचाने लग गयी थी पर उसने ऐसा चलने नहीं दिया और अगली सुबह लंगड़ाता हुआ रसोई में आ गया और अपना नाश्ता और काफी बनाकर ही चैन मिला उसे । नीता के विरोध करने पर बोला था–आई एम नाट लाइक यू । जरा-सा कुछ हो कि बिस्तर पकड़ कर बैठ जाओ । आइ डोंट लाइक टू बी डिपेंडेंट आन अदर्स !

पर जब नीता की मां घर पर आती थी और तीनों वक्त का खाना बनाती तो वह भी बड़े ठाठ से खाने की मेज पर बैठ कर मम्मी के हाथ का खाना नवाजने आ जाता था । उसे हिन्दुस्तानी खाना अच्छा लगता था और वह इसकी एवज में मम्मी को एयरपोर्ट से लाने और छोड़ने के लिये हमेशा तत्पर रहता था कि मम्मी के लिये इतना तो वह कर ही सकता है ।

पर नीता को तो भला लगता है अपने किसी पर निर्भर होना और खुद भी दूसरे को निर्भरता का सुख देना । विवाह तो लेन-देन का ही रिश्ता है न ! देने को नीता के पास बहुत कुछ है । वह माइक से कई गुना ज्यादा कमाती है सो घर उसी की कमाई से चलता है । यहां तक कि बाहर जाते हैं तो रेस्तरां के बिल भी वही भर देती है । माइक अपनी कार का खर्चा करता है, अपने सारे निजी खर्चे और कभी-कभार घर के लिये भी कुछ जरूरत हो तो ले आता है पर चाहे घर की किश्तें हो, फर्नीचर, बिजली, पानी, घर की सफाई वाली का बिल, सबका जिम्मा नीता पर ही है । उसने अपनी मर्जी से ही लिये हैं ये जिम्मे । उसकी गाड़ी भी खूब बढ़िया है जब दोनों साथ जाते हैं तो नीता अपनी ही गाड़ी निकालती है । उसके लिये माइक बहुत खास है, बहुत प्यारा। उसके लिए वह सब कुछ करने को तैयार है । वह खुश दिखता तो नीता के अंतर की भी बांछे खिल जाती ।

मम्मी कभी कह देती कि तू तो उल्टी गंगा बहाती है । और लड़कियों के पति सारा खर्च चलाते हैं, यहां तू अपना सब कुछ उसी पे लुटाने में लगी है, तो नीता मम्मी को समझाती हुई कहती–मम्मी तुम्हारे मेरे जमाने में बहुत फर्क आ गया है । मैं ज्यादा कमाती हूं तो मुझी को करना चाहिये न ।

उसे भला लगता है माइक का साथ । एक तसल्ली-सी कि कोई उसके साथ है, हमेशा का साथ । हां हमेशा का पति-पत्नी के बीच एक अनकही-सी प्रतिबद्धता तो रहती ही है । अखिल जहां दूसरी महिलाओं में बेहद दिलचस्पी लेकर बार-बार नीता को संदेह की मनःस्थिति में डाल देता, वहां माइक ठीक उल्टा था । उस पर यूं भी विश्वास रहता था नीता का कि वह दूसरी महिलाओं में कोई रुचि नहीं लेता था । वह नीता से यह भी कहता था कि उसका शादी का इरादा कभी नहीं था। यह नीता ही थी कि वह शादी के लिये तैयार हो गया कि नीता बहुत खास थी उसके लिये ।

नीता को समझ नहीं आता कि जब खुशनुमा दिन थे और वह स्वस्थ थी तब दिन बहुत अच्छे कट रहे थे । पर अब जब उसको माइक की सचमुच जरूरत पड़ी तो उसे वह माइक उसमें नजर नहीं आता जिसको वह जानती रही है, देखती रही है ।

अखिल का ध्यान भी उसे इसी सिलसिले में आया था कि यूं चाहे कितना भी लड़े-झगड़े पर अगर नीता कभी बीमार पड़े या डॉक्टर को दिखाने की जरूरत हो तो अखिल हर तरह से उसका साथ देता, मदद करता । सब लड़ाई-झगड़ा भूल जाता और नीता की देखभाल को वह अपनी जिम्मेवारी समझता ।

यूं इस तरह की तुलना करना सही नहीं । क्यों सोचती है वह ऐसे ? रह नहीं पाती न ! हर वक्त जैसे हाथ में तराजू लिए रहती है । माइक भी मदद कर देता है । पर सिर्फ तब अगर उसका मन हो तो । नीता को वह अपनी ज़िम्मेदारी नहीं मानता । नीता की जिम्मेदार नीता खुद है। इसका मतलब यह भी निकलता है कि या तो नीता कभी बीमार न पड़े और अगर पड़े तो अपने आप को खुद संभाले ।

अखिल ऐसा कभी न कहता ।

उल्टे अखिल तो चाहता था कि नीता उस पर डिपेंडेंट बनी रहे, अपनी डॉक्टरी की नौकरी सब छोड़-छाड़ के घर देखे या बच्चे संभाले। कमाई तो वह कर ही रहा था । नीता इसी बात पर झगड़ती थी कि वह पूरी तरह से अपने बलबूते पर रह सकती है । अखिल आखिर अपने

को समझता क्या है कि वह उसके बिना रह नहीं पायेगी ।

वह अखिल को अपनी जिंदगी में कभी वापिस नहीं लाना चाहेगी । वह काफी अरसे तक अकेली भी रही अपने बलबूते पर । पर अकेले रहना उसका चुनाव नहीं बन सका । उसे किसी के साथ रहने का सुख कहीं ज्यादा मोहक लगता है । ठीक है कुछ सुख अकेलेपन का भी होता है–एक बेदखल जिंदगी जीने का सुख । पर वह स्थिति नीता के लिए स्थायी नहीं हो सकती । सिर्फ कुछ देर को, बीच-बीच में । इससे माइक का साथ अहम था । उससे अलग होने की बात सोचने में भी घबराहट मचती थी भीतर । पर हुआ कुछ ऐसा ही है कि फिर से वहीं पहुंच गयी है जहां से उसने अपने वैवाहिक जीवन की शुरूआत की थी। उसी शहर में । उसी शहर में जहां उसकी मां भी थी और बहन भी थी । यहीं उसका इलाज भी हो सकता था और मां का सहारा था कि जब इलाज चल रहा होगा तो वह उसके साथ रह सकेगी । उसकी देखभाल कर सकेगी । जबकि शादी से उसकी उम्मीद यह थी कि पति-पत्नी ही एक दूसरे का सहारा बनते हैं ।

जब डॉक्टर ने उससे कहा था कि ब्लड टेस्ट ठीक नहीं दिख रहा। शायद कैंसर हो सकता है । टेस्ट कराने होंगे तो माइक उसके साथ ही था । उस दिन नीता बहुत कमजोर महसूस कर रही थी । यूं जब से हिन्दुस्तान की यात्रा से लौटी थी, अजीब-सी तबीयत हो गयी थी । कुछ खाया-पिया नहीं जाता था । वजन गिरता जा रहा था । एक दिन तो हालत इतनी खराब हो गयी कि इमरजेंसी में जाना पड़ा । माइक उसको अस्पताल के बाहरी दरवाजे पर ही छोड़ गया था । नीता के लिए अस्पताल की पूरी गैलरी चल कर इमरजेंसी कमरे तक पहुंचना भी बहुत मुश्किल था । पर माइक के लिए अपने काम जरूरी थे । खैर उसकी बुरी हालत देख नर्सों ने संभाल लिया था उसे । नीता को मन ही मन बहुत टूटन महसूस हुई थी । कैसा आदमी है यह । मैं मरने को हूं और इसे अपने काम की पड़ी है । उस दिन उसे अस्पताल में भर्ती कर लिया गया था । तीसरे दिन माइक उसे गाड़ी से घर तो ले आया था । पर शाम काफी हो चुकी थी । घर पर कोई खाना वगैरह नहीं

बना हुआ था और माइक उससे कह रहा था–नाउ आई हैव टू फीड यू ! (अब तुमको खाना भी खिलाना होगा ।)

नहीं यह मजाक नहीं था । नीता जानती है कब माइक मजाक करता है । यह तो जैसे किसी की वर्षों से देखभाल कर तंग आयी हुई आवाज थी । जिसमें खीझ और थकान और आजिजी तीनों मौजूद थे। ओह ! कितनी मुसीबत लग रही थी माइक को कि नीता को खाना खिलाना होगा । जबकि नीता उसे घर में पकाकर और बाहर रेस्तरां में खिलाती ही रहती है । यूं माइक खुद भी खाना बनाना जानता है । कम से कम सूप बनाकर पिला सकता है । क्या बड़ी बात हो गयी ? पर यह सोचकर कि नीता कमजोर है, वह अपनी सामान्य जिम्मेदारियां नहीं निभा पायेगी–इस बात ने कैसे माइक की नजरों में नीता को एक लिजलिजा–सा बोझिल पदार्थ बना दिया, उसकी आंखों और कहने के लहजे ने नीता के जिस्म में एक सिहरन–सी दौड़ा दी । मानों जिस ऊंचे पहाड़ी शिखर पर वह खड़ी थी, किसी ने अचानक धक्का मार कर नीचे धकेल दिया हो और वह लुढ़कती–पुढ़कती गिरती जा रही थी ।

इस व्यक्ति के साथ जिंदगी भर का नाता जोड़ा था । पहला कदम डगमगाते ही यह तो आगे बढ़ना ही नहीं चाहता । ऐसे कैसे चलेगी गाड़ी ?

नीता को सुनायी दिया–देखो मुझे तो अपने इतने काम करने हैं । मैं तुम्हारा ख्याल नहीं रख सकता । या तो अपनी मां को बुला लो या खुद वहीं चली जाओ ।

नीता को अपनी प्रैक्टिस बंद करनी पड़ी । हिम्मत ही नहीं होती थी कि दफ्तर जाकर मरीजों को देखे या अस्पतालों के चक्कर लगाये । यूं भी प्रैक्टिस की जिम्मेदारियां भी तो कितनी तरह की होती हैं । चाहे बिलिंग वगैरह के कामों के लिये सेक्रेटरी रख ली थी पर उस पर भी आँख तो रखनी पड़ती है वर्ना हजारों और मसले ।

किसी तरह मां के शहर में ही पहुंच गयी थी ।

मां का शहर या जहां वह बड़ी हुई थी, वहीं अपना न्यूयार्क शहर। नीता वहीं आ गयी थी जहां वर्षों पहले उसके आवासी जीवन की

शुरूआत हुई थी । ठीक कुछ ऐसा ही लग रहा था जैसे घर लौटना । वही ट्रैफिक की तीखी कनफोड़ आवाजें, सबवे का शोर, दौड़ते-भागते व्यस्त लोगों की भीड़, ढेर सारी हिन्दुस्तानी मसालों, दालों, सब्जियों, साड़ियों, गहनों और हलाल मीट की दुकानें । उनके बीच सटे हुए हिन्दुस्तानी, पाकिस्तानी और बंगलादेशी रेस्तरां । हर तरफ हवा में मसालों और तलके, भूनने की गर्म गंध । नीता को मजा आता उस पहचाने माहौल में पहुंचकर । यहीं उसे अखिल मिला था । यहीं से उसकी पहली शादी हुई थी । अब कितने ही दूसरे शहरों में घूमघाम कर वह वापिस वहीं आ गयी है । पर तब जिन उमंगों के साथ यहां जीवन की शुरूआत की थी, वे सब कहां चली गयीं ? अब दिमाग पर एक भारी-सी गठरी ढोये रहती है अस्पताल में एक के बाद एक होने वाले टेस्ट जिनका परिणाम शायद होगा और भी कमजोर कर देने वाली कीमोथेरेपी, बूढ़ी मां की दिन-ब-दिन गिरती सेहत, कॉलेज में पढ़ने वाली बेटी । ऊपर से माइक का रवैया ! बस अकेले ही लड़ना होगा। किसी तरह हिम्मत बनाये रखनी होगी, पर कैसे ?

कुछ हिम्मत करके नीता ने एक क्लिनिक में नौकरी ले ली थी और घर भी पास ही ले लिया था । ज्यादातर कुर्सी पर बैठे-बैठे ही मरीज देखने होते हैं, कर लेगी, ज्यादा स्ट्रेस नहीं है इस नौकरी में । इलाज भी कराती रहेगी और पार्ट-टाइम नौकरी भी कर लेगी तो खर्चा भी निकलता रहेगा । यूं तो रौनक में आ गयी थी । मां भी आ जाती है या वह मां के घर चली जाती है वीकेंड पर । बेटी भी दूर नहीं । हफ्ते दो हफ्ते में एक बार तो मिलने आ ही जाती है ।

माइक वहीं है, जहां था । उसका फोन आता रहता है । कहता है-तुम तो मुझे छोड़कर ही आ गयीं । न्यूयार्क तो मुझे भी पसंद है । जरा सेटल हो जाओ तो मैं भी किसी लंबे वीकेंड पर घूमने आऊंगा ।

उदास हो आती है वह । नीता का मन होता है उसे कह दे कि जिस दिन तूने मेरी जिम्मेदारी से खुद को काट लिया था, रिश्ता तो तभी टूट गया था । अब अगर रहेगा भी तो वही सतही दोस्ती का । ऐसे रिश्ते में उसे नहीं बंधना । ठीक है तुम पूरी तरह से आत्मनिर्भर रहना चाहते

हो तो रहो । दूसरे की जरूरत के वक्त आत्मनिर्भरता का ढिंढोरा खूब जोर–जोर से पीटो । क्योंकि तुम पर हालात की मार नहीं पड़ी, वक्त ने कोई जुल्म नहीं ढाया इसलिये दूसरों का दर्द छोटा होने लगता है तुम्हारे लिए या इतना बड़ा कि तुमसे, तुम्हारे बूते से बाहर । यानी कि उस सगे को भी तुम अपनी जिंदगी से बाहर करने को अधीर और यह फोन से हमदर्दी जताने में तो ज्यादा दाम नहीं लगता ।

इतने बेधड़क और बेमुरव्वत होकर तुमने कह दिया कि मेरा ख्याल नहीं रख सकते तब नीता भी ऐसे रिश्ते में बंधी रहने को मजबूर क्यों हो ? विवाह का रिश्ता तो एक दूसरे के सुख–दुःख में शिरकत का है, एक दूसरे के भरोसे जीने का है ।

तब कैसे जियेगी वह ! तब क्या करे वह ?

और नीता को लगता है कि वह किसी ऐसी जगह खड़ी है जहां से न पीछे मुड़ सकती है न आगे जाने का ही कोई रास्ता दिखता है...

❖❖

अच्छा बेटा

आज भी वह ऐलिवेटर में थी और उसकी आंखें मुझ पर टिकी हुई थीं। यह उसकी तरफ न देखते हुए भी मैं अपने जिस्म पर महसूस कर रही थी । क्योंकि बहुत बार पहले भी हो चुका था कि वह ऐलिवेटर में होती तो उसकी आंखों में मुझसे बात करने की एक आतुरता दिखती जबकि मेरी उससे बात करने की कोई दिलचस्पी नहीं थी । उस कसी हुई एक चोटी में बालों को खींच कर बांधे हुए, हर तरह से साधारण-सी दिखने वाली महिला में मेरी रुचि हो भी कैसे सकती थी ? उसमें कुछ भी तो ऐसा नहीं था कि मुझमें उसके प्रति कोई कौतूहल लगता । गेहुंआ चेहरा और अनाकर्षक नैन-नक्श । मटमैले रंग की सूती साड़ी, सोने का हार और बूंदे और माथे पर लाल रंग की बिंदी । न ही उसके व्यक्तित्व में कोई ऐसी बात थी कि किसी का उस पर ध्यान जाये । अगर वह मुझे घूर न रही होती तो शायद मुझे यह भान भी न हुआ होता कि वह वहां मौजूद है ।

चूंकि बिंदी मैं भी लगाती थी और साड़ी भी पहनती थी इसलिये वह मुझे भारतीय मानकर ही मुझसे बात करना चाहती थी । पर मुझे चालीस सालों से अमरीका में रहते हुए ऐसा अनुभव बहुत बार हो चुका था कि जो भी भारतीय दिख जाये उसके प्रति कौतूहल होना या उससे बात करने की कोशिश । पर हर भारतीय तो दिलचस्प इंसान होता नहीं। इसलिये मैंने तो यही रवैया अपना लिया था कि जैसे दूसरे अमरीकी हैं वैसे ही ये भारतीय चेहरे वाले अमरीकी भी । सो यह मत सोचो कि सिर्फ भारतीय होने से ही कोई दोस्ती लायक हो सकता है और अब

खासे दोस्त बना ही लिये हैं तो कब तक और दोस्त या जान-पहचान बढ़ाते जायेंगे । अतः मेरे अंदर न तो कोई जिज्ञासा ही उठती और उठती भी तो जवाब देती–हैं और भी दुनिया में काम हैं दोस्त बनाने के सिवा ।

काम रहते भी बहुत थे मुझे । मेरे प्रकाशक के ही दो रिमाइन्डर आ चुके थे कि किताब कब खत्म करके भेज रही हूं । एक लेख की मरण रेखा सिर आ खड़ी थी । इसलिये फालतू की बातों में या सामाजिक निर्वाह में वक्त जाया करके मैं कभी खुश न थी । पर उसकी आंखें मुझ पर ही चिपकी हुई थीं और ज्यों ही मैं लॉबी पहुंचकर ऐलिवेटर से बाहर निकली वह भी मेरे पीछे-पीछे आ गयी और मैंने सुना–सुनिये...

मैं मुड़ी तो उनकी आंखों में याचना-सी दिखी–मैं आपसे बात कर सकती हूं ?

मुझे कुछ अजीब लगा । मैं एकदम अजनबी हूं इस औरत के लिए। यह मुझसे क्या बात करना चाहती है । पर मैंने सहज होकर विनम्रतावश कहा–जरूर ! क्या बात करना चाहती हैं ?

देखिए ऐसा है न । यहां तो कोई बात करने वाला ही नहीं मिलता। हम तो इतने परेशान हैं पर किससे क्या कहें ? बस मन भरा रहता है और कोई होता ही नहीं जिससे बात कर सकें । पता नहीं आपको देखकर लगा कि मैं आपसे बात कर सकती हूं । इसलिये... । आप मेरी हिन्दी तो समझती हैं न ।

जी हां ।

मुझे लगा कि आप जरूर जानती होंगी । वर्ना एक दो और महिलायें भी इस बिल्डिंग में हैं पर वे दक्षिण की हैं । हिन्दी नहीं जानती । और मुझे तो अंग्रेजी आती नहीं ।

नहीं-नहीं । आप हिन्दी में ही बात कीजिये ।

बस जी क्या बताऊं । मेरे अंदर कुछ होता है । जैसे सब उमड़-घुमड़ होता रहता है । कहीं बाहर निकलने का तो कोई रास्ता ही नहीं होता । बड़ा जी घबराता है । पर कहूं भी क्या आपसे । कैसे कहूं । मन बहुत खराब है मेरा । अपार्टमेंट में पड़े-पड़े तो और भी उदास हो जाती हूं । इसलिये बाहर निकल आती हूं । पर बाहर भी कहां जाऊं।

गाड़ी तो चलाना जानती नहीं मैं । बेटा सुबह-सुबह घर से निकल जाता है । फिर रात को लौटता है काम से । सफाई, खाना बनाने में भी कितना वक्त लगे । सारा दिन तो नहीं लगता न । दो तीन घंटे में फारिग । फिर टैम ही टैम ।

मैं समझ गयी थी कि उसे एक संवेदनशील काम चाहिये था ।

आप आयी कहां से हैं ?

राजस्थान से । बेटा यहां नौकरी करता है ।

शादी हो गयी बेटे की ?

वही तो मुसीबत बन गयी है । पता नहीं जी । बड़ी पजेसिव है वह । सब कुछ छुड़वाना चाहती है बेटे से । कहती है तू अपने मां बाप से बात नहीं कर सकता । किसी से मिल नहीं सकता । बस । पता नहीं, कोई बीमारी है जी उसको । अब समझ नहीं आता कि करे क्या ?

हिन्दुस्तानी बहू है या अमरीकी ।

अजी वहीं हमारे गांव की ही लड़की है । बस अमरीका में आकर अंग्रेजी सीख ली । उसको तो मैं फूटी आंख नहीं सुहाती । कहती है घर से निकल जाओ । उस दिन मुझे पीट दिया । मेरे बेटे से भी कहती है कि मारो इसको । समझ नहीं आता करें क्या ?

मुझे भी समझ नहीं आ रहा था कि मैं क्या कहूं या क्या कह सकती हूं । सास-बहू के झगड़े तो हर हिन्दुस्तानी घर की कहानी है । इस में मैं क्या मदद कर सकती हूं ।

वह बोलती जा रही थी-बेटे को तो फोन करने नहीं देती थी । हम करें तो उसको उठाने नहीं देती फोन । हम लोग तो बहुत घबरा गये थे । फिर पति ने मुझे यहां भेजा । वे खुद तो काम की वजह से आ नहीं सकते थे । बिजनेस है न हमारा ।... यूं तो दूसरा बेटा भी है हमारा। वहीं राजस्थान में । वो भी हमारे बिजनेस में लगा है । थोड़ा काम संभल जाये तो बड़े बेटे को ही सौंपकर यहां आयेंगे ये । पर अभी तो अकेले और भी घबराहट होती है मुझे ।.... सुनिये, आप हमारे घर पर आइये न चाय पीने । हम दसवीं मंजिल पर हैं । आप कौन से फ्लोर पर हैं... ?

पांचवें पर...

तो जरूर आइये । बताइये, कब आयेंगी ?

जिस तरह से वह कह रही थी, मुझे मालूम था कि वक्त पक्का किये बिना वह मानेगी नहीं । मैंने अपने पर्स में से फोन निकाला और कैलेंडर पर अपनी मसरूफियत का हिसाब-किताब देखने लगी । वह झट से बोली–आपको काम तो जरूर होंगे । पर आइये जरूर । कल आ जाइये ।

ठीक है कल चार बजे । अभी मुझे कॉलेज जाना है । देर हो रही है ।

लाबी से मेल लेकर मुझे नीचे ही जाना था । गाड़ी गैराज से उठानी थी । सो मैं फिर से ऐलिवेटर में चली गयी । चाय क्या थी वह, बस पूरी मेज भरी हुई थी खाने के पदार्थों की । पकौड़ी, ढोकला, मठरी, कचौरी और जाने क्या-क्या ।

मेरे मुंह से निकल ही गया–अरे आप ने तो इतनी चीजें बनाकर रखी हैं !

सब घर में ही बना है सो आराम से खा सकती हैं, लीजिये ।

और वे एक-एक करके सारी प्लेटे मेरे आगे करती रही ।

मैंने बार-बार कहा–देखिये मुझे तो चाय के समय सिर्फ चाय का प्याला पीने की ही आदत है । इतना सब खाकर तो मैं टुनटुन हो जाऊंगी ।

आप तो इतनी दुबली-पतली-सी हैं । जरा-सा खाने से कुछ नहीं होगा । ये कचौरी लीजिये न । एकदम शुद्ध घी में बनी है ।

वह बात नहीं । आपकी बनायी हर चीज ही बढ़िया लग रही है । पर प्लीज, और नहीं । बस एक प्याला चाय और ले लूंगी । इतना सब खाया पचाना भी तो होगा न ।

अदरक वाली ही बना दूं न ।

जरूर । और यह इतने सारे नमकीन कब बनाये आपने ?

अकेली होती हूं न तो कुछ-न-कुछ पकाती ही रहती हूं ।

बहू कहां है आपकी ?

मुझे जो निकालना चाहती थी । बहुत झगड़ा किया उसने अमित

से । कहती है या तो तेरी मां रहेगी इस घर में या मैं । निकाल इस कुत्ती को । हां मुझे कुतिया कहा उसने । बेटे ने तो कह दिया कि मां को कैसे निकालेगा ! तो बस फिर, इसकी बहन रहती है न यहां । बस उसी के घर चली गयी । अच्छा है, घर में शांति तो रहेगी । इतना परेशान करती है न मेरे बेटे को, हर वक्त उसके कान भरती है मेरे खिलाफ । घर आये तो सही लेकर बैठ जाती है शिकायतों का पुलिंदा । अब सोचो कौन बेटा होगा जो मां को चोटी से खींचकर घर से बाहर निकालेगा । वह तो यही कहती है उससे । एक बार तो पकड़ ली इसने मेरी चोटी और खींचने लगी । मैंने भी उसके कटे बालों का झोंटा मुटठी में ले लिया और धमका दिया कि मेरी तो चोटी खिंचेगी पर तेरे पूरे बाल ही जड़ से निकल आयेंगे ।

मुझे बहुत डरावनी-सी लगी ये बातें । मेरे जीवन में इस तरह का कोई अनुभव नहीं था । पर मैंने शादी भी नहीं की थी । अपने पैरों पर खड़े हो अपनी जिंदगी संवारना, बस इसी में उम्र निकल रही थी ।

मैं चलने लगी तो उसने इसरार किया–आप फिर आयेंगी न । देखिये अगले हफ्ते मेरे पति भी पहुंचने वाले हैं । आप किसी शाम हमारे साथ खाना खाइयेगा, आयेंगी न ।

मैंने सिर हिलाया और चलती बनी ।

ऐलिवेटर या लाबी में वह अक्सर दिख ही जाती । अब मैं उसके लिए अच्छी जान-पहचान थी तो कहीं भी खड़े होकर हाल-चाल बांट लिये जाते थे । उसके पास कुछ-न-कुछ कहने के लिये हमेशा होता था जैसे कि आज उसने हलवा बनाया है कि क्या थोड़ा-सा मुझे लाकर दे सकती है या इसी तरह की कोई बात ।

जब कुछ दिनों बाद खाने पर गयी तो उसके पति और बेटा दोनों मौजूद थे । अमित खूब लंबा, सांवला और देखने में आकर्षक था । उसका कद और फब्बत देख हैरान हुई थी मैं । पति के सिर के बाल उड़ चुके थे और चेहरा-मोहरा भी कुछ ढल-सा गया था । पर कद उसका भी अच्छा था । फिर मैंने ध्यान दिया कि कद अमित की मां का भी खूब ऊंचा था ।

अमित जितना लंबा-ऊंचा था उतना ही व्यक्तित्व में झुका हुआ, विनम्र और भला आदमी लगा मुझे । उम्र 35 के करीब होगी । उसने मुझे आंटी कह कर संबोधित किया तो थोड़ा अजीब लगा था, पर फिर ध्यान में आया कि भारत में माता-पिता के मित्र आंटी-अंकल ही तो होते हैं ।

उस शाम की सारी बातचीत में मुझे पता लगा कि उसके माता-पिता की इस ट्रिप का अहम मकसद था कि बेटे का तलाक करवा दिया जाये, तभी उसे और परिवार को तनावों से छुटकारा मिलेगा । मैंने बेटे से पूछा कि क्या वह इस फैसले से सहमत है तो वह बोला—अब उसके कहने से तो मैं मां-बाप को घर से निकाल नहीं सकता । ये लोग सिर्फ चार महीने के लिए तो मुझसे मिलने आते हैं पर वह उतना भी बर्दाश्त नहीं करना चाहती । वह तो चाहती है कि मैं किसी से बात न करूं । मेरे दोस्तों से भी तुड़वा दी । किसी से फोन पर संपर्क नहीं रख सकता। हर बात में झगड़ा । मुझे तो बहुत टेंशन देती है वह ।

अब वह आये दिन मुझे घर पर बुला लेती । कहती कि आप अकेली के लिए क्या खाना बनायेंगी, हमारे साथ ही खा लीजिये । अगर मैं अपने कामों की वजह से न जा पाती तो वह खाना ही मेरे अपार्टमेंट में दे जाती ।

उस दिन कहने लगी कि वह लड़की तो तलाक देने को तैयार ही नहीं । कहती है कोर्ट में चलो । मैं तो तलाक नहीं लेने वाली । मैंने उनको समझाया कि आपको एक वकील करना होगा जिसके जरिये से तलाक के कागज तैयार कर भेजे जायेंगे । यह थोड़ा लंबा काम है ।

मुझे ही अपने मित्रों से बात कर वकील का इंतिजाम करना पड़ा था ।

फिर पता लगा कि वह एलमनी के पैसे बहुत मांग रही है । उस शाम वे लोग मेरे यहां ही बैठे थे ।

सरला (यही उस महिला का नाम था) बोली—लो इतने पैसे कैसे मांग सकती है ! चल हम तेरा हिन्दुस्तान में चलके तलाक करवा देते हैं ।

मम्मी रहता तो मैं यहां हूं । यहां का कानून तो मानना होगा न ।

पर तू क्या इसी के लिए कमा रहा है क्या ? सारे पैसे यही ले जायेगी तो तो तू क्या करेगा !

मुझे लगा कि अमित भीतर कहीं जरूर अपनी पत्नी के प्रति कोमल था, शायद उससे प्यार भी करता था क्योंकि उसने जवाब दिया–मम्मी जो वाजिब है वही करूंगा । पैसे तो मुझे देने ही होंगे । वह नौकरी तो करती नहीं तो उसका खर्चा कौन उठायेगा ? मैंने उससे शादी की है, मैं ही उसको यहां लाया हूं तो जिम्मा तो मेरा ही है न । दूंगा पैसे, क्यों नहीं दूंगा । वकील से पूछना होगा कि मेरी आधी तनखाह ले, पर सारी तो न ले ।

सरला को अच्छी नहीं लगी थी यह बात । वह चुप रही । अमित का अपने पिता के साथ विशेष संप्रेषण नहीं था । वह जो कहना होता, मम्मी की ओर देखकर ही कहता । पिता (जिनको वह पापा कहता था) से जो भी बात होती, वह ऑफिस के काम की या कोई तकनीकी मसले पर ।

लड़की की आना-कानी या कागज ही आगे बढ़ने के चक्कर में समय बीतता जा रहा था । अमित के मां-बाप के लौटने की तारीख आ खड़ी हुई । अमित उनको रोक पाने का कोई इंतिजाम नहीं कर पाया। गैरकानूनी तौर पर अमरीका में उनको रोक कर कोई मुसीबत नहीं लेना चाहता था ।

सरला बहुत परेशान थी । बार-बार मुझसे यही कहती–आप मुझ पर प्लीज यह कृपा कीजियेगा । बेटे को अकेला छोड़कर जा रही हूं । प्लीज उसका ध्यान रखियेगा, बहुत भोला है ।

अमित मुझे भला ही लगा था और मेरी बहुत इज्जत भी करता था। मुझे उसका ख्याल रखने में कोई दिक्कत की बात नहीं महसूस हुई । उसके पिता कुछ दिन और भी रूके रहे थे पर मां की जाने की तारीख आ गयी थी ।

जब दोनों तरफ से कागजात मुकम्मल हो गये और कोर्ट में सुनवाई थी तो अमित बहुत घबराया हुआ मेरे पास आया था–आंटी, मम्मी-पापा

कोई भी नहीं हैं मेरे पास । आप प्लीज मेरे साथ चलिये न कोर्ट ।

मैंने उसके कंधे पर हाथ रख उसे दिलासा-सा देते हुए कहा–इसमें नर्वस होने की कोई बात नहीं अमित । मैं जरूर चलूंगी तुम्हारे साथ । कितने बजे पहुंचना है कोर्ट ?

नौ बजे । मैं गैराज से कार निकाल कर ठीक आठ बजे आपको बिल्डिंग के मेन दरवाजे पर लेने आ जाऊंगा । ठीक है न ।

उस सुबह पहली बार उस लड़की को देखा था मैंने । उसका चेहरा जैसे अंगारे-सा तप रहा था । उसने मेरी तरफ अवज्ञा भरी जिज्ञासा से देखा पर आंखें नहीं मिलायी । उसकी आंख अमित को कोसती-सी देख रही थी । उनमें एक विद्रूप और आक्रोश का मिला-जुला भाव झलक रहा था । अमित की नजरें पूरा समय नीची ही रही । कभी सबसे आंख चुराकर वह हल्के से उधर देख लेता जबकि वह उसे न देख रही होती ।

जब दोनों वकील और हम सब कागजों पर हस्ताक्षर करने के लिए इकट्ठे हुए और हमने कागजों को देखा तो अमित बेहद घबराया-सा बोला–क्या करूं आंटी । साईन कर दूं ? या अभी...

अमित के हाथ बुरी तरह से कांप रहे थे । मुझे लगा कि जो फैसला लिया जा चुका है उस पर अब यह पीछे क्यों हट रहा है ? यह तो क्षणिक कमजोरी है मन की । बस उसे सहारा चाहिये था ।

मैंने कह दिया–अमित, अल्मनी की रकम पर तो तुम राजी हो ही। बाकी सब भी ठीक-ठाक ही लग रहा है । तुम्हारा वकील सब कागज देख चुका है तो हिचक क्यों ? कर दो साइन...

और अमित ने लगभग झटके से हस्ताक्षर कर दिये ।

मुझे घर छोड़कर वह दफ्तर चला गया । रास्ते भर गाड़ी में वह खामोश रहा ।

उस रात बारह बज चुके थे । मैं सोने जा ही रही थी कि मेरा फोन बजा । हलो कहते ही आवाज आयी–आंटी प्लीज मेरी मदद कीजिये । मैं यहां अकेला रहा तो जरूर मुझे कुछ हो जाएगा । आंटी, कैन आई कम टू योअर प्लेस ।

घबराओ नहीं अमित, आ जाओ ।

उसका चेहरा सफेद हुआ पड़ा था । आंखें ऐसी फटी-फटी-सी, जैसे नींद में चल रहा हो, अपनी सुधबुध ही नहीं ।

आते ही मेरे पैरों में गिर पड़ा ।

आंटी प्लीज मुझे बचा लीजिये ।

अमित उठो । यह क्या बच्चों जैसा बर्ताव कर रहे हो ?

अब क्या आंटी ? अब क्या ! सब तो खत्म हो गया !

क्या कह रहे हो अमित । सब कुछ तो है । तुम्हारी इतनी बढ़िया नौकरी है, नये लोगों से मिलोगे, नयी जिंदगी शुरू करोगे । ऐसा क्यों सोच रहे हो ?

नहीं आंटी । खत्म हो गया मैं । कुछ नहीं बचा । कोई भी मेरे पास नहीं ।

कैसी बातें कर रहे हो । उससे तो तुम पहले से ही अलग थे । कोई नयी बात तो नहीं हुई न ।

और जिस तरह से वह प्रलाप कर रहा था, मुझे लगा या तो उसका नर्वस ब्रेकडाउन हो गया है या वह विक्षिप्त होने वाला है । उसे मेरी कोई बात दिलासा नहीं दे रही थी । वह किसी गहरे गढ़े में डूबता जा रहा था ।

फिर उसे उबकाई-सी आने लगी । वह छाती पकड़ कर खड़ा था और ऊंची-ऊंची सांस भर रहा था—आंटी मुझे कुछ हो रहा है । आंटी माई हार्ट ! माई हार्ट इस सिंकिंग ! आई थिंक आय एम हैविंग ए हार्ट अटैक !

और वह हांफता-सा मेरी बैठक की सैटी पर पसर गया । उसकी आंखें बंद थी । मेरी किसी बात या हिलाने पर भी वह कोई प्रतिक्रिया नहीं दे रहा था । वह शायद बेहोश हो गया था ।

मैं बहुत डर गयी थी । मैंने एंबुलेंस बुलवा ली । जल्दी ही हम पास वाले अस्पताल की इमरजेंसी में पहुंचे । दिल का मामला था । डॉक्टरों ने झटपट आक्सीजन लगायी, टेस्ट हुए, डॉक्टर कई घंटे लगे रहे । अंत में जो रिपोर्ट मिली वह ठीक-ठाक ही थी । दिल एकदम मजबूत था। घबराहट और नर्वस होने से ऐसा महसूस हुआ था । मुझे चैन मिला ।

पर यह तो रोज-रोज की कहानी बनती जा रही थी। कभी उसे कहीं दर्द उठ जाता तो कभी कहीं। मैं उसे कहती डॉक्टर को दिखा दे ताकि तसल्ली हो जाये। बीमारी कुछ भी न होती। उसकी अस्त-व्यस्त मानसिक अवस्था अजीब तरह से शरीर पर हमले कर रही थी। मैंने उसे समझाया।

देखो तुमको कुछ नहीं हुआ। तुम एकदम स्वस्थ हो। यह सब साइकोसमैटिक•है। तुम उल्टा-सीधा सोचना छोड़ दो तो स्वस्थ रहोगे। तुम दफ्तर भी तो जाते हो न। सारा काम जिम्मेदारी से निबाहते हो। तब इतने कमजोर क्यों बनते हो?

कुछ एक महीने इसी तरह से गुजरे। उसके मां बाप के फोन मुझे भी आ जाते थे। मुझे उनको बताना पड़ा कि उनके बेटे के आस-पास उनको होना चाहिये।

मां को तो वीजा नहीं मिला। पिता कुछ दिनों के लिए आ गये थे। अमित पिता की देखभाल में काफी व्यस्त हो गया था। उसके पिता मुझे यह भी कहते कि मैं किसी भली-सी लड़की से उसकी शादी करवा दूं। एक बार उसे मैंने कहा भी—परसों मुझे एक पार्टी में जाना है वहां तुम्हारे जैसे जवान लोग होंगे। नये लोगों से मिलना। तुमको अच्छा लगेगा।

नहीं आंटी। मैं कैसे जा सकता हूं। पापा घर पर हैं।

तो क्या हुआ। तुम चलो।

नहीं पापा को अकेला छोड़कर नहीं जा सकता।

मुझे उसका यह जवाब बहुत अजीब लगा। मैं अमरीकी जीवन की आदी थी जहां एक बार जवान होकर युवक-युवतियां अपना ही जीवन जीते हैं। खासकर उनकी शामों में मां-बाप की भागीदारी नहीं रहती।

पिता के जाने का वक्त भी आ गया। अमित घबराया हुआ-सा मेरे पास आया था—पापा तो इतवार को जाने वाले हैं। अब क्या होगा?

अमित उसके हफ्ते भर बाद तो तुम भी जा रहे हो न। छुट्टी मिल गयी न तुमको।

हां आंटी। पता नहीं कैसे गुजारूंगा ये वक्फा। आपकी सपोर्ट...

हां अमित पर अगले हफ्ते मुझे भी एक कान्फ्रेंस में शहर से बाहर जाना है ।

आंटी प्लीज.... प्लीज रूक जाइये । मुझे अपने पर बिलकुल भरोसा नहीं रहा आंटी ।

तुम मम्मी को साथ तो ला रहे हो न ।

हां मम्मी का वीजा तो हो जाना चाहिये लेकिन तब तक....

उसके चेहरे की बेचारगी ने मुझे और भी क्रोधित कर दिया ।

मैंने मन में कहा–बहुत हो गया । मैं अपना वक्त तुम पर जाया नहीं कर सकती । मम्मी के अच्छे बेटे बने रहने का यह रवैया छोड़ो । तुम छत्तीस साल के हो गये हो, कब तक बच्चे बने रहोगे !

प्रगट तौर पर मैं बोली–घबराओ मत अमित कुछ नहीं होगा तुम्हें वह हाथ बांधे जमीन को देखता रहा । और मैं उस पर तरस खाती-सी सोचने लगी कि उसे अच्छा बेटा बनाने के चक्कर में मां-बाप ने उसका क्या हाल कर दिया है !

❖❖

कितने-कितने अतीत / कौशल्या शर्मा की शिकायतें

इधर कुछ दिनों से कौशल्या बस एक ही शिकायत करती थकती न थी। हर किसी से वही कहानी दुहरायी जाती । पहले तो निजी परिचारिका से कहा–हाय हाय मुझसे नहीं देखा जाता वह आदमी । मेरी टेबल पर ही बिठा दिया है उसको । हर वक्त नाक बहती रहती है, मुंह से लार टपकती रहती है और वह मुंह में खाना डालता रहता है । न नाक साफ करता है न लार । खाने के साथ लार भी... छिः छिः, घिन होती है मुझे । मैं नहीं बैठ सकती उस मेज पर ।

परिचारिका बोली–तो क्या हुआ ? तुमको तो कुछ नहीं कहता । अपना चुपचाप खाता रहता है ।

और जो नाक गिरती रहती है खाने में ? तो क्या मुझको फर्क नहीं पड़ता । मुझसे नहीं देखा जाता । उल्टी आती है उसे देखकर । कम-से-कम नाक तो साफ कर ले । खाने के साथ-साथ नाक भी निगलता जाता है । कोई उसको कुछ कहता क्यों नहीं ?

मिस शर्मा मार्क (यही उसका नाम था) बेचारे को अपना तो होश नहीं । वह क्या करेगा नाक साफ । कोई नर्स तो पीछे-पीछे घूम नहीं सकती जो नाक साफ करती फिरे । टिशू का डब्बा उसके कमरे में रख देते हैं । बेचारे की उम्र भी तो हो गयी है । 93 साल का तो हो चुका है ।

हूं ! खाने का होश है पर सफाई का नहीं !

कौशल्या ने मुंह बिचका कर कहा तो परिचारिका चुप हो गयी उसे

यूं भी पता था कि एक बार जो बात शर्मा के दिमाग में आ गयी तो वहां से खिसकने वाली नहीं । वह यही सब दुहराती रहेगी । किसी का कोई भी जवाब यूं भी उसे संतुष्ट नहीं कर सकता । और यहां एक अकेली बुढ़िया तो थी नहीं जिसे बैठकर समझाया जाये । इस संस्थान में रहने वाला हर बूढ़ा कोई न कोई नयी समस्या पैदा करता ही रहता था । दरअसल उनका ख्याल रखने वाले इन कर्मचारियों को यही संतुलन लगातार बैठाना पढ़ता था कि न तो किसी को नाराज करें न ही ओव. रइंडल्ज यानी कि ज्यादा लाड़-प्यार । उनको ऐसा न लगने दे कि उन पर ध्यान नहीं दिया जा रहा या उनकी सही सेवासुश्रुषा नहीं हो रही पर कर्मचारी अपनी सैनिटी न खोयें यानी कि अपने दिमाग का संतुलन भी बनायें कि न तो वह बहुत ज्यादा भड़के कि गुस्से में कुछ बकझक दें और न खुद पागलों जैसे आपे के बाहर हो जाये । कहने का मतलब यह कि इन सठियाये नहीं, अठियाये या नव्वाये बिगड़ैल बच्चों को पालना दुनिया के किसी भी काम से शायद ज्यादा मांग करने वाला है ।

तनख्वाहें अच्छी थीं इसलिये काम करने वाले मिल तो जाते थे पर सभी वहां सेवाभाव से प्रेरित होकर काम करने नहीं आते थे, बल्कि कमाई के लिये ही आते थे । इसलिये अक्सर उनकी उल्टी-सीधी बातें भी सुन लेते और आगे ऐसा कुछ बोलते न थे कि अगले को बात चुभ जाये और बात का बतंगड़ बन जाये । बन जाये तो क्या पता नौकरी से ही हाथ धोना पड़े । और फिर अपने बासेज को तो खुश रखना ही पड़ता है ।

कौशल्या को इस स्थिति का कोई समाधान तो खोजना ही था । समाधान यही हो सकता था कि उस मार्क नाम के बंदे को उस मेज से हटाकर कहीं और बिठाया जाये ताकि कौशल्या को उसकी बहती नाक और लार न देखनी पड़े ।

पर यह कैसे होगा ? हूं ऽऽऽ रास्ता ढूंढ़ना होगा ?

यहां जो भी नियम बने होते हैं, जिस तरह से इंतिजाम किये गये होते हैं, उनमें बदलाव आसान नहीं होता । जैसे कि कोई जिज्ञासा पजल हो कि एक हिस्सा हिला देने से पूरा का पूरा पजल ही खराब हो जायेगा,

कुछ इस तरह बर्ताव करते हैं ये लोग । अगर एक मेज पर फलां-फलां चार लोगों को बैठना है तो वही बैठेंगे । उसमें बदलाव नहीं किया जाता । कौशल्या को यह नियम-टियम बिलकुल नहीं भाता । वह तो कभी इस तरह बंध कर रही नहीं । आखिर अपने घर में नियम तो वह बनाती थी । पति का बनाया नियम तक तो चलने नहीं दिया था और यहां साले चले हैं कौशल्या पर नियम लादने ! यूं भी पैंतालीस वर्ष की उम्र से तो वह विधवा जीवन जी रही है । एकदम से अपने निर्देश पर । जो मन आये किया, जब नींद आयी सो गये नहीं तो देर रात तक टेलीविजन देखते रहे । यहां तो उस पर कोई न कोई आकर रौब मार देता है । 12 बजने वाले हैं, साथ वाले कमरों से आवाजें आनी लगती हैं । उसके टीवी की आवाजें लोगों को सोने नहीं देतीं । और बहुत धीमा करके कौशल्या को कुछ सुनता ही नहीं और उसे खीझ कर टीवी बंद करना ही पड़ता है । अब हर चीज में तो अगलों का रौब नहीं चल सकता न !

जिस्म ढीला हुआ है, पर कौशल्या का दिमाग फिलहाल दुरुस्त था। अपनी खाली-खाली-सी जिंदगी में उसने वक्त कटी के लिये किसी-न-किसी की मीनमेख निकालने का शगल पाल लिया था । कौन कितने साल का है, कब और क्यों यहां आया, उसके परिवार में कौन है, या उसने उम्र भर शादी की ही नहीं, कौन स्कूल टीचर थी या कौन एक्टर था या किसको मिलने कौन आता है, इसकी सारी खबर रखने में उसे खासी दिलचस्पी थी ।

बेचारी करे भी क्या ? इसी तरह तो मन लगाना होता । कहां जाकर इन अमरीकियों के बीच फंस गयी थी । अब बुढ़ापे में आकर रहन-सहन के नये तौर-तरीके सीखना उसके बस की बात नहीं रह गयी थी। खाना भी अमरीकी । भाषा भी अमरीकी । और ये काम करने वाली कालियां (काले रंग की परिचारिकायें) उसे कतई न भातीं । उनका बोलने का एक्सेंट ही कौशल्या को समझ न आता था । न उनको कौशल्या का । उस दिन स्वीडिश मीटबाल बने थे पर कौशल्या ने सुना स्वदेशी मीटबाल । और सोचती रही कि यह स्वदेशी मीटबाल भला

कौन-सा पकवान है । जब प्लेट सामने आयी और पता चला कि ये तो गोमांस के कोफ्ते बने हैं तो छि: छि: करके प्लेट सामने से हटवायी । खाली उबली-सी सब्जियां और नूडल मंगवा कर बड़े बेमन से खायीं । बीफ के तो नाम से ही उसके अंदर गालियां उठने लगती हैं ।

अब भला कितनी अमरीकी बनेगी ?

हां, कौशल्या यहां रहते हुए एक बात बहुत ज्यादा अच्छी तरह से समझने लगी है और वह यह कि अपने मन की इच्छा इन अमरीकियों तक जरूर पहुंचानी है । अगर चुप रहे तो कुछ नहीं होने वाला । चुप रहो तो बस सहते रहो । जो चाहिये, उसके लिये कहना पड़ता है, अपनी आवाज सुनानी होती है और कभी-कभार तो लड़ना भी पड़ता है । और इस रास्ते से मनमुराद पूरी करने में सफलता मिल ही जाती है ।

अब कुछ लोग तो काफी अपंग से हैं, याददाश्त खो गयी है सो कुछ कह या कर नहीं पाते अपने लिये । पर कौशल्या की याददाश्त तो खासी ठीक-ठाक है । जब अपने साथियों के साथ तंबोला खेल खेलने लगती है तो सबसे ज्यादा जीत भी उसी की होती है । एक खेल प्राइस राइट में भी वह खूब जीतती है । इस खेल में उनको दिलचस्प स्नैक्स, कार्नफ्लेक्स या ऐसे ही पैकेट्स दिखाये जाते हैं और कहा जाता है कि सही दाम बतायें । जिसका अंदाजा सबसे सही यानी कि असली कीमत के करीब होता है उसको वह पैकेट दिया जाता है । कौशल्या ने ऐसे कितने ही जीते हैं । और तो और वह घुटनों की तकलीफ कम करने के लिये रोज सुबह नाश्ते के बाद कसरत वाले कमरे में जरूर जाती है और वहां खड़ी कसरतवाली साइकिलों पर टांगों से ढाई-तीन सौ चक्कर चला लेती है । तभी तो 89 साल की उम्र से भी धीरे-धीरे वाकर के सहारे चल पाती है । यूं जब यहां आयी थी तो बेहद कमजोर, लगभग मरने-मरने जैसी हालत में हो चली थी । तभी तो बिटिया ने कहा था-ममा वहां आपकी देखभाल होगी । मैं काम से कभी कहां, कभी कहां । बार-बार आपको अस्पताल लाना हो नहीं पाता तो आप की ठीक से देखभाल नहीं होती ।

यहां और सब तरह के सुख तो हैं, हर तरह से देखभाल की जाती

है। इसलिये रहना भी यहीं है । वर्ना इस गिरते हुए बदन को कौन संभालेगा । न तो खुद नहा सकती है, न बाल धो सकती है, न कपड़े पहन सकती है । ऊपर से कभी घुटनों और टांगों में दर्द तो कभी पैरों में सूजन । कभी ब्लड प्रेशर हाई तो कभी शूगर हाई । कुछ न कुछ तो शरीर को लगा ही रहता है और अपने आप से कुछ होता ही नहीं। अब रहना तो इसी बूढ़ों के घर यानी कि असिस्टेड लिविंग में ही है । वह भी मोहताज होकर, करे भी क्या ! जीना-मरना तो उसी के हाथ में है । उसकी दी घड़ियों को तो काटना ही है ।

यहां तो एक बात को मनवाने के लिये सारी की सारी मशीनरी हिलानी पड़ती है । खैर कौशल्या को जो नहीं पसंद उसका परिहार करने में वह भी कोई कमी नहीं होने देगी, तो ठीक है । यह अभियान भी शुरू हो जाये ।

अगले दिन कौशल्या सोशल वर्कर के दफ्तर पहुंच गयी । सोशल वर्कर इन सेवा करने वाली परिचारिकाओं और नर्सों की सुपरवाइजर थी।

सोशल वर्कर तो पहले से ही चिढ़ी बैठी थी शर्मा से । जिस किसी के साथ भी बैठती है इसे कोई न कोई शिकायत होने लगती है उससे। कोई आठ-दस साल पहले की बात है पर सोशल वर्कर को अभी भी याद है कि पहले बाब बैठता था तो इसने उसके खिलाफ कहना शुरू कर दिया कि ठसक झाड़ता है । माई गाड शी इज ऐटी इयर्स ओल्ड। हू इज इन्टरेस्टेड इन हर । इस को यूं ही मुगालते होते रहते हैं । उसने काम्पलीमेंट क्या दे दिया यह उसको प्रेम प्रस्ताव मानने लगी है कि क्या !

कुछ था जो कौशल्या को जैसे जिंदगी की ओर खींचता था । हां भीतर का तार बजा तो था । बाब की जिजीविषा उस कंकड़ की तरह थी जो किसी भी पानी में फिंकता तो वहां भंवर तो पड़ ही जाते । पर कौशल्या डरती थी उन भंवरों से । पानी की गतिशीलता से । अब उम्र गुजर गयी, अब क्या छेड़ना ! न ही मन में भरोसा उठता था कि इस उम्र में भी कोई सच्चा प्यार दे सकता है । यूं ही खिलवाड़ के लिए

नहीं बनी कौशल्या । ये बाब तो ऊपर-ऊपर से ही ठसक झाड़ता है । अगर वह उसे थोड़ी शह दे भी दे तो पता नहीं कब सबके सामने हाथ ही लगाना शुरू कर दे । क्या कहेंगे सब लोग । न बाबा न !

बेचारी सोशल वर्कर भी करे तो क्या । यहां रहने वाले डेढ़ सौ बूढ़ों में रोज ही किसी न किसी को कोई न कोई शिकायत लगी ही रहती थी । कभी लांड्री से किसी का कपड़ा वापिस नहीं आया, तो किसी की दवाई समय पर नहीं पहुंची । हर काम के लिये ये लोग स्टाफ पर आश्रित हैं । यह तो डेढ़ सौ लोगों की गृहस्थी संभालने जैसी जिम्मेदारी थी । एक अकेले घर की जिम्मेदारी से तो लोगों के नाक में दम आ जाता है, यहां ये लोग उससे परफेक्ट सर्विस मांगते हैं । और अगर शिकायत न हो तो और बड़े-बड़े मसले पैदा होते रहते । अक्सर कोई बुरी तरह बीमार हो जाता तो डाक्टर या अस्पताल भेजने का इंतिजाम करना होता, कभी किसी की हड्डी कड़क जाती तो किसी को हार्ट अटैक, तो किसी की सांस रूक जाती । और इस कौशल्या को तो वैसे ही समझ नहीं पाती थी । इसकी शिकायतें ही निराली होती हैं । कितनी फिजूल की शिकायतें होती हैं । कभी इसको खाना पसंद नहीं आता तो कभी कोई परिचारिका । जिद्दी इतनी है कि अपनी बात मनवाये बिना मानेगी नहीं ।

पर सोशल वर्कर समझे या न, कौशल्या भी अपनी जगह सच्ची थी । कभी वह बाब उससे कहता–शर्मा तुम जवानी में तो खासी जोरदार रही होगी । चलो अब हमसे ही दोस्ती कर लो ? क्या कोई इंडियन दोस्त है तुम्हारा ? तुम्हारे तो बहुत दोस्त रहे होंगे । पर अब भी बिन दोस्त दोस्त रहने की जरूरत नहीं । मैं हाजिर हूं । आई विल बी योअर बेस्ट फ्रेंड ।

कौशल्या हर बार उसे झाड़-फटकार देती पर उस पर कुछ असर होता न दिखता ।

ओह तो अभी भी नखरे ! ठीक है । यही तो मुझे भी भाता है तुममें । सीधी-सादी लड़कियां तो मुझे भी नहीं भातीं । आई लाइक काम्पलीकेटेड विमन ।

एक दिन कहने लगा–तुम भी अकेली, मैं भी अकेला । क्यों नहीं जिंदगी के बचे-खुचे दिन मजे से बिताते । तुम मुझे पसंद हो । अगर तुम हां कर दो तो देखो, वी विल हैव लाट आफ फन ।

कौशल्या उसे हिंदी में खूब गालियां देती तो उसका ढीठ जवाब होता–मुझे मालूम है तुम भी मुझे पसंद करती हो । तुम्हारा स्टाइल बॉलीवुड का है न ! नऽन में हां !

दुरफिटे मुंह ! बदतमीज, बेशरम कहीं का ।

और भी भड़क जाती तो कहती–कोढ़ पड़े तुझे । कहीं का न रहे। हाय-हाय । कैसे पीछे ही पड़ जाता है ।

बाब ने दो चार हिंदी की फिल्में देखी हुई थीं । कहने लगा–मैं हिंदुस्तान भी गया था । जब भी टेलीविजन देखो लोग बस नाच रहे होते हैं । तुम नहीं नाचतीं ? चलो एक दिन नाच करें । मेरे पास म्यूजिक है नाच का ।

जवाब गाली ही मिलनी थी सो मिली ।

फिर एक दिन उसनें कहा था–

अरे मिस शर्मा तुमको जीने से डर लगता है । लाइफ को इन्जाय करने से घबराती हो । किस बात का खौफ ? मुझसे बात करके कुछ बुरा नहीं होगा तुमको । डर किस बात का है ?

कौशल्या का नाश्ते और लंच का टाइम उससे अलग था सो वास्ता नहीं पड़ता था । पर डिनर की यह दूसरी सिटिंग होती थी और पहले वाली उसके लिए बहुत जल्दी होती थी । उसकी हिंदुस्तानी आदत थी कि खाना जितनी देर में हो सके खाना चाहती थी वर्ना ये लोग तो पांच बजे से ही रात का खाना खा लेते हैं । बाब भी उसी दूसरी सिटिंग में आता था ।

शर्मा ने जब सोशल वर्कर को उसकी शिकायत लगायी तो वह हंसने लगी थी कि यह भी कोई बात है शिकायत करने की । उसने कौशल्या से कहा था कि वह तो यूं ही तुमको काम्पलीमेंट कर रहा होगा । ही इज हार्मलैस । मजाकिया (जोवियल) किस्म का बंदा दिखता है । शर्मा को खुश होना चाहिये कि इस उम्र में भी कोई उसको काम्पलीमेंट

करता है ।

अपनी जवानी में कौशल्या अच्छी-खासी दिखती थी । लुधियाना में एक बार एक लड़के ने उसे छेड़ा था तो कस के तमाचा जड़ दिया था उसने लड़के के मुंह पर । उसके बाद कभी किसी ने ऐसी हरकत करने की हिम्मत नहीं की थी । अब देखो बुढ़ापा भी कहां-कहां जा के बदले निकालता है उम्र भर के ।

सोशल वर्कर से कौशल्या बहुत नाराज हुई थी—प्लीज । यू आर लाफिंग । यू थिंक इट इज आल राइट... ही इज गुंडा । बैड । वैरी वैरी बैड । आय एम इंडियन । वी डोंट लाईक दीज थिंग्ज । दिस इस नाट आवर कल्चर । आई गिव हिम.. वट यू काल... और कौशल्या को अंग्रेजी में यह कहना नहीं आया कि मैं तो उसे एक ऐसा झापड़ देती कि उसे होश आ जाते, सारी अकड़ पानी की तरह बह जाती । बदमाश कहीं का ! बस बुड़बुड़ायी ।

खैर अपनी टूटी-फूटी अंग्रेजी में भी कौशल्या अपनी बात तो दूसरे तक पहुंचा ही देती थी । यह और बात है कि उसका कहने का लट्ठमार तरीका अगले को चाहे कितना ही बुरा लगे । कौशल्या शर्मा का गंभीर चेहरा देखकर सोशल वर्कर को भी बात की गहराई समझ आ गयी थी । यह जरूरी नहीं कि सबको ऐसी बातें सही लगे, अनुरंजक लगें । उसे कुछ करना ही होगा । और बाब को डाइनिंग रूम के दूसरे सिरे पर जाकर टेबल मिली थी जहां से वह शर्मा को दिखता भी न था। कभी लाबी में उसे बैठा देखती तो कौशल्या टीवी रूप में चली जाती । वह टीवी रूम में होता तो लाइब्रेरी या लाबी में बैठ जाती ।

कई दिन तक कौशल्या उसकी बातें याद भी करती रहती और भुनती रहती । एक दिन परिचारिका ने जब उसे कहा कि अब तो खुश होगी वह कि बाब की मेज बदल गयी तो कौशल्या जैसे अपने आप को ही सचेत होकर कह रही थी—दिस इस नाट राइट । नाट राइट टू टाक लाइक दिस । ही इज ओल्ड मैन । ही इज शेमलैस । आई डोंट लाइक दिस ।

और कहते-कहते कौशल्या किसी दूसरी दुनिया को जीने लग गयी

थी । वर्षों पहले की दुनिया । हां... उसने भी कुछ ऐसा ही कहा था कि वह अपनी जिंदगी को नकार रही है । पड़ोसी था वह उसका । मिस्टर कोहली । कोहली साहब कह कर बुलाती थी वह उसे । पति की अचानक दुर्घटना में मौत के बाद कौशल्या की बहुत मदद की थी उन्होंने । हर तरह के कागजात के काम, इधर-उधर दफ्तरों में ड्राइव करके साथ ले जाना । जब उस बड़े से सरकारी घर से निकलना पड़ा था तो भी उन्होंने हर तरह से साथ दिया, हर तरह का काम करवाया। कौशल्या मन ही मन उनकी बहुत आभारी थी । यह भी सोचती कि उनकी मदद ने उसके वैधव्य को झेलने का काम कितना आसान कर दिया था । बिटिया ने तो अभी कॉलेज पूरा ही किया था और अगले की पढ़ाई के लिये अमरीका में कई जगह अर्जियां भेज रखी थीं । बिटिया पढ़ने क्या आयी बस यहीं की हो गयी । मिलने तो आती थी, फिर यहीं बुला लिया । पर जितने साल वह अकेली भारत में रही, वही उसका सहारा थे । यूं कुछ एक और सहेलियां रिश्तेदार भी थे । एक बहन भी शहर में ही थी पर रोजमर्रा की जिंदगी में शिरकत कोहली साहब की ही थी । बहुत भले थे, बहुत शिष्टता थी उनके व्यवहार में। आकर्षित तो वे थे कौशल्या के प्रति पर कभी उनके मुख पर कोई अश्लील शब्द नहीं आया । उनके अपनी भी पत्नी और दो बेटे थे । बस एक दिन कुछ ऐसा हुआ था, वे खुद पर काबू न रख पाये और कौशल्या को बांहों में भर लिया था । पल भर बाद कौशल्या ने छिटका लिया था खुद को । तब उन्होंने बहुत कोमल स्वर में कहा था–क्या तुम्हारा मन नहीं करता ! कौशल्या हां या न, कुछ भी नहीं कह पायी थी । बस यह ठीक नहीं है, कुछ इस तरह की बात निकली थी उसके मुंह से और प्लीज, आगे से कभी ऐसा मत... कहकर वह अलग हो गयी थी। कौशल्या के भीतर चाहे कितनी भी इच्छा हो, उस इच्छा का स्वीकार उसके संस्कारों में था ही नहीं । शायद इसीलिये कोहली साहब को अपने सवाल का जवाब हमेशा ना में ही मिलता ।

कोहली साहब ने दोबारा फिर ऐसी कोशिश नहीं की थी । और इतने साल अमरीका में रहने के बाद भी कौशल्या की भारत से जुड़ी

स्मृतियों में सबसे बड़ा क्लोज-अप इन्हीं सज्जन का था । मन में एक धुधंली-सी छवि हमेशा बनी रहती । एक बार जब अपनी छोटी बहन की बेटी की शादी में वह भारत गयी थी तो मन में एक मूल आकर्षण यही था कि वह कोहली साहब को जरूर मिलेगी । शादी से निबटने के बाद एक दिन उसने लगभग बेशरम होकर (उसकी अपनी नजरों में) अपनी बहन से कहा था कि वह कोहली साहब से मिलवा दे । भले आदमी का शुक्रिया कर देगी । कमीज लायी थी उनके लिये । बहन ने पता लगा कर कहा कि रिटायर होने के बाद से वे कुछ मील दूर अपनी पत्नी के साथ एक अपार्टमेंट में रहते हैं और काफी बीमार हैं ।

तब तो और भी मिलना जरूरी है । बड़ा ख्याल रखा था उन्होंने मेरा तो मेरा भी फर्ज बनता है न कि उनका हाल पूछूं । कौशल्या ने कहा था ।

वहां पड़ोस में जाकर अपार्टमेंट का नंबर किसी पड़ोसी से ही पूछा था तो पड़ोसी बोला—वो कोहली साहब का फ्लैट न । उनको तो जी लकवा मार गया है । यही दूसरी मंजिल वाला फ्लैट है । आप लोग चली जाइये इन सीढ़ियों से ऊपर । मैं उनकी पत्नी को खबर कर देता हूं ।

यह भी अजीब विडंबना थी नियति की । कौशल्या के घुटनों में आर्थराइटिस था और उन दिनों बहुत सख्त दर्द रहता था, वह सीढ़ियां चढ़ ही नहीं सकती थी । उधर कोहली साहब की टांगों को लकवा मार गया था वे नीचे नहीं आ सकते थे । इतना ही नहीं उनकी याददाश्त भी जा चुकी थी । उनकी पत्नी ने कहा कि वे उनको बालकनी में ले आती हैं, मिसेज शर्मा नीचे से ही बात कर लें ।

और मिसेज कोहली अपने पति को नीचे गाड़ी में बैठी मिसेज शर्मा को दिखा कर कह रही थी—ये आयी हैं आपसे मिलने । याद है न मिसेज शर्मा जो हमारी पड़ोसी थी । जब हम सरकारी कोठी में थे तो साथ वाले मकान में रहा करती थी । अब अपनी बेटी के पास अमरीका में रहती है ।

कोहली साब जैसे अपनी पत्नी के कहे शब्द में अपना एकाध शब्द

जोड़कर ही दुहरा रहे थे–मिसेज शर्मा, कौन मिसेज शर्मा, अमरीका, हांऽऽऽ ।

साफ था कि उनकी स्मृति का पृष्ठ एकदम कोरा था ।

ये हरकत दो-तीन बार दुहरायी गयी । पर जो कुछ कोहली साहब ने कहा वह उनकी पहचान का सुबूत न दे सका ।

एक बार कोहली साहब ने कहा–अच्छा तो ये साथ वाले फ्लैट में रहती हैं ।

और कौशल्या तो रग-रग आहत, अपमानित, लज्जित जैसे धरती के फट जाने के इंतिजार में थी ।

यह व्यक्ति उसे जिलाना चाहता था । आज वह मौत का भयंकर रौद्ररूप धारण किये है । जीवन की कुरूपता का साक्षात प्रमाण बन कर खड़ा है । भागी थी वह वहां से ।

जो उसके वैधव्य के कैनवस पर हल्के-हल्के रंग भर सकता था, आज वह खुद मौत की गिरफ्त में है । कैसा अजीब खेल है यह नियति का । पता नहीं कितनी लंबी है यह पीड़ा भरी यात्रा इसकी !

और उसकी अपनी ?

चल शीला, जल्दी निकल यहां से । अब और नहीं रुका जायेगा मुझसे ।

आंखों से कुछ टपका था ।

क्या से क्या हो जाता है !

मौत उसने अपने पति की झेली थी, एक्सीडेंट में कटा-फटा शरीर भी देखा था पर यह मौत का स्वरूप और भी भयावह था । इसमें इंसानी लाचारी और बेबसी का एक दूसरा ही रोंगटे खड़े कर देने वाला, बहुत डरावना पक्ष था । रौरव नरक का साक्षात दर्शन ! कभी कल्पना भी नहीं कर सकती थी वह कि जो व्यक्ति इस तरह से उस पर छा गया था और जिसे उसने अपनी उपस्थिति से पूरी तरह छा लिया था, आज लाख कोशिश करके भी कौशल्या की हस्ती उसके लिये कुछ भी नहीं थी । और वह खुद क्या था शायद इसका भी कोई भान उसे नहीं था । क्या इतना बेदर्द, इतना अमानुषी होता है बुढ़ापा ! रिश्ते सफाचट,

भावनाएं सफाचट । अपने होने से बेखर । होना ही न होने के बराबर !

शायद कौशल्या ने ही देरी कर दी उस बिछड़े अतीत की खबर लेने में ।

उम्र बढ़ती जाती है तो अतीत में भी तो कितने अतीत जुड़ते चले जाते हैं । उसका आज का अतीत ! यह तो नितांत अकल्पनीय ही था ! एक दूसरी जमीन, दूसरा समाज, दूसरे लोग, उनकी दूसरी अजीबोगरीब संस्कृति, व्यवहार, भाषा, आचार, सोच ! कभी सपने में ख्याल न आया होगा कि उम्र का यह हिस्सा यहां अजनबी परदेश में कटेगा ! किस्मत भी क्या-क्या रंग दिखावे है ।

सोशल वर्कर के पास और भी वजहें थी शर्मा से नाराजगी की। कौशल्या जिस पोटली में अपने पैसे बांध कर रखती थी । वह पोटली पता नहीं कहां चली गयी ? बस कौशल्या चली गयी सोशल वर्कर के पास कि मेरे कमरे से तो पैसे चोरी हो गये हैं । चोरी का इलजाम लगाना कौशल्या के लिये तो आसान बात थी । जब भारत में रहती थी तो नौकर-चाकर अक्सर चोरी करते ही थे और न भी करें तो जो चीज न मिले, उसका इलजाम कम्पयूटर के आटोमैटिक डीफाल्ट की तरह उन पर लग ही जाता था । फिर वे जैसे भी खुद को बेकसूर साबित करें और न कर पायें, यानी कि चीज अगर ढूंढ़कर न दे सकें तो या तो रोज-बरोज गालियां खायें या फिर नौकरी से हाथ धोयें । किसी भी स्थिति में हर्जा तो नौकर का ही था । सो कौशल्या नौकरों की चोरी-चकारी की आदी थी, यानी कि उन पर झूठा-सच्चा इलजाम लगाने की भी आदी थी । उसकी सोच थी कि इस असिस्टेड लिविंग में भी तो ये नौकर चाकर ही हैं । उसके कमरे की रोज सफाई करने परिचारिका आती है तो एक उसे नहलाने आती है । सुबह की परिचारिकायें अलग हैं, शाम की डयूटीवाली अलग । अब वह हमेशा तो कमरे में बैठी नहीं रहती कि कौन कब आता है । वह तो कमरे में ताला भी नहीं लगाती कि कौन चाबी संभाले और ताला खोले । कब कौन आकर पैसे निकाल ले गया यह वह क्या जाने ! जो भी हो अब तो यही पता लगाये कि किसने चोरी की है । छोटी-मोटी चीजों की तो वह परवाह नहीं करती

पर यह तो उसकी सारी जमा पूंजी थी ।

सोशल वर्कर ने कहा था–हम अगर किसी पर इलजाम लगायेंगे तो वे तो नौकरी छोड़ कर ही चले जायेंगे । या मुझे ही गलत व्यक्ति पर इलजाम लगाने के चक्कर में अपनी नौकरी से हाथ धोना पड़ेगा । यहां कभी किसी को इस तरह नहीं कर सकते । जब तक कि सौ फीसदी पक्का न हो, किसी की तलाशी नहीं ले सकते ।

इस मामले में कौशल्या की यह संवेदना विकसित नहीं हुई थी कि अगर किसी ने चोरी नहीं की और उस पर इलजाम लगाया जा रहा है तो उसकी मानसिक हालत क्या होगी कि काम करने वालों की अपनी कोई डिगनिटी होती है, आत्मसम्मान होता है कि वे भी एक व्यक्ति ही होते हैं कि उनके पास भी सही-गलत की नैतिकता होती है । उसके घर के माहौल में नौकर नौकर था । उसमें डिगनिटी जैसी चीज का ख्याल सोच के बाहर था, उससे नौकर की तरह व्यवहार करना चाहिये। ज्यादा सिर चढ़ाने से बिगड़ते हैं ।

कौशल्या ने इसरार किया–किसी ने तो लिये हैं मेरे पैसे । वर्ना गायब कैसे हुए ।

सोशल वर्कर बोली–आई डोंट फील कमफरटेबल अबाउट इट । बट इफ यू जस्ट मिसप्लेस्ड इट !

कौशल्या जितना ढूंढ़ सकती थी, ढूंढ़ा था । उससे भी ज्यादा ऊपर नीचे तो हुआ नहीं जाता । जहां-जहां संभव था, झुक कर भी देखा । और कहा–आई टोल्ड यू । इट इज नाट देयर । आई लुक्ड एंड लुक्ड। एवरीवेयर लुक्ड !

खैर वे पैसे मिले नहीं । पर सोशल वर्कर भी अपने स्टाफ को हिलाना नहीं चाहती थी । उसने एक नयी परिचारिका को भेजा शर्मा के पास कि खोजने में मदद करे । और बहुत दिनों बाद अचानक वह पोटली आलमारी में सूटकेस के पीछे मिल गयी । पता नहीं वहां कैसे जाकर गिरी कि कौशल्या को पता ही नहीं लगा । पैसे तो मिल गये पर सोशल वर्कर उससे और भी नाराज हो गयी थी । उसने खुदा का शुक्र किया कि शर्मा के कहने से उसने कोई एक्शन नहीं लिया । वर्ना

उसकी खूब भद्द उड़ती । शायद नौकरी से ही हाथ धोना पड़ जाता ।

कौशल्या खासी परेशान थी । इस बार उसकी दाल नहीं गलने वाली । सोशल वर्कर ने तो साफ मना कर दिया । क्या अब डायरेक्टर से शिकायत करे । पर वह भी कहेगा कि कौन कहां बैठता है इसका फैसला सोशल वर्कर करती है । वह इन सब बातों में दखल नहीं देता। तब क्या कर लेगी वह !

अगली शाम कौशल्या डिनर के लिये डाइनिंग रूम में गयी ही नहीं। उसने परिचारिका से कहा कि तबीयत कुछ नासाज है सो खाना कमरे में ही ले आये । मन ही मन कोसती रही सबको । यह कैसी जबरदस्ती है कि मैं उस घिन भरे आदमी की मेज पर बैठूं । उसे देखकर तो जी में मितली उठती है, भला खाना कैसे खा सकती है वह । हाय भगवान! यहां तो कोई सुनता ही नहीं मेरी ! किसको सुनाऊं अपनी मुसीबत ।

खाने का मजा डाइनिंग रूम में ही आता है । गरमागरम परसती है परिचारिकायें । कुछ और भी चाहिये हो तो मांग लेते हैं और जो पसंद हो बस वही खाओ । खाने के बाद वह एक प्याला नीबू वाली चाय भी पीती है । ऐसे तो जो एक बार कमरे में आ गया बस वही खाना है । खाने का मजा आता नहीं ।

अगले दिन कौशल्या डाइनिंग रूम में जा रही थी तो ऐसे महसूस कर रही थी जैसे कि ठीक यमराज या किसी नरक के प्रतिनिधि के साथ बैठकर उसे खाना खाना हो । एक दुपट्टा साथ ले गयी कि इससे नाक और आंख ढक कर बैठेगी । पूरी तरह से तैयारी कर रही थी कि जैसे सचमुच पीप और मवाद के देव के साथ बैठ कर भोजन करने की तलवार उस पर लटक रही थी । यूं यह व्यक्ति बहुत भला-सा था। किसी को कुछ कहता नहीं था । अपने में ही रहता । बस उसकी यह दयनीय हालत कौशल्या को असह्य थी ।

पर आज वह आदमी मेज पर न था ।

तो आज लेट हो गया वह । कौशल्या कल्पना करती रही कि अभी वही बहती नाक और मुंह से लार टपकाता वह बूढ़ा मार्क वाकर के सहारे आयेगा, कंधे और सिर झुका हुआ, आंखें जमीन पर गड़ी, मेज

पर लार गिरती जायेगी और उसकी अनुपस्थिति में भी कौशल्या को उबकाई आ गयी। खाना बाहर आने को हुआ।

तभी परिचारिका को कहते सुना–शर्मा, फ्रूट या चाकलेट पुड़िया ?

कौशल्या का ध्यान बंटा ?

परिचारिका मीठा क्या लेना है यह पूछ रही थी। कौशल्या के मुंह से निकला–वेयर इज मार्क ?

ही वाज टेकन टू इमरजेंसी।

कौशल्या को एकदम धक्का-सा लगा।

सो ही इज इन हॉस्पिटल ?

यैस। ही वाज हैविंग ब्रीदिंग प्राब्लम।

कौशल्या का मन उचट-सा गया, पुडिंग का बस एक चम्मच हाथ में पकड़े बैठी रही।

कमरे में आकर चुपचाप लेट गयी।

मन में बेचैनी और खदबदी-सी मची।

वह दूसरी शाम भी खाने पर नहीं था, तीसरी शाम थी।

कौशल्या के मन में कुछ डर-सा हुआ। अक्सर ऐसा होता था। यहां रहने वाले लोग उम्र के ऐसे पड़ाव पर थे कि इमरजेंसी जाते तो फिर लौट कर ही न आते। पर ऐसे भी तो थे जो ठीक-ठाक होकर लौट आते थे। कौशल्या को खुद छाती में कितना दर्द हुआ था तो आधी रात इमरजेंसी में गयी। अगले दिन आपरेशन भी कर दिया डॉक्टर ने। अब तो नब्बे साल की होने वाली है और देखो तबसे ठीकठाक चल रही है। थोड़ी बहुत ऊंच-नीच तो सबके साथ होती रहती है। अरे बाबा, ठीक हो कर आये। इसका नाक और मुंह बहना बंद करवा दें। सच वर्ना कैसे-कैसे सहेगी मेज पर उस आदमी को ! ये लोग तो मेरी सुनने वाले नहीं।

उस रात वह ठीक से सो नहीं पायी। अजीब-अजीब से सपने आते रहे–कोई काले, लंबे दैत्याकार उसे घेरे हैं और आपस में जैसे कुछ परामर्श कर रहे हैं उसे कहीं ले जाने का। कौशल्या डर से कांप रही है। थर्रायी-सी आवाज में कह रही है–नहीं, वह कहीं नहीं जायेगी।

फिर जैसे कोई एक भला-सा आकार आता है जो उन काले दैत्यों को कहता है कि नहीं अभी वक्त नहीं हुआ ले जाने का और वे आकार पीछे हटने लगते हैं। तभी नींद खुल गयी थी। उसका शरीर पसीने से भीग गया था। चेहरे पर वे दैत्याकार छाये रहे थे सारा दिन। क्योंकर ऐसा सपना देखा उसने ? क्या कहना चाहते थे वे उसे ? क्या सचमुच कौशल्या का समय आ गया है। क्या यह कोई संकेत था उसके लिए? क्या संकेत था ? किसका संकेत था ? सपने से ऊबर नहीं पा रही थी वह।

शाम डिनर पर जब डाइनिंग हाल में गयी तो परिचारिका खाने की प्लेट उसके सामने रखते हुए बोली—मार्क विल नैवर कम। यू कैन बी हैप्पी नाऊ।

कौशल्या को कुछ समझ नहीं पड़ा— वट... ?

आई सैड मार्क इज गान ! ही इज नो मोर !

कौशल्या बुत-सी बनी रह गयी। मुंह से बस इतना ही निकला—ऐसा तो नहीं सोचा था मैंने !

और अचानक उसे लगा कि सामने वाली खाली कुर्सी पर मार्क बैठा है, उसके नाक और मुंह से लार टपक रही है, पर कौशल्या को घिन नहीं लगी। वह बस देखती रही और लगा कि वह उसकी आंखों के आगे से हटेगा नहीं।

❖❖

स्विमिंग पूल

आज मैं निश्चिंत थी एकदम । उसे मैंने पूल से बाहर निकलते देखा तो एकदम चैन आ गया कि अब आराम से जब जी चाहेगा तो निकल जाऊंगी । वर्ना यही सिर पर भूत की तरह सवार हो जाता कि कहीं ऐसा न हो कि जब मैं बाहर निकलूं तभी वह निकले । और फिर ठीक से नहाना भी न हो सके ।

यूं यह भी बड़ी अजीब बात ही थी । उस यूनिवर्सिटी के पूल में स्विमिंग करने हम सिर्फ दो ही हिन्दुस्तानी औरतें आती थी । यूं मुझे तो अच्छा लगता था कि पहले कोई भी नहीं दिखता था । बस अमरीकी लड़कियां या औरतें ही होती । और यहां के तो रिवाज ही निराले हैं । पूल से निकल कर सभी की सभी महिलाएं विमैन लॉकर में फव्वारों के नीचे अलफ नंगी खड़ी हो जाती हैं और बेशर्मी से आपस में बातें करती रहती हैं, हंसती, खिलखिलाती हैं और साथ ही अपने सारे बदन पर साबुन मलती और यहां तक की गुप्तांगों को भी खुलेआम खोल-खोल के साफ करती हैं । हम तो कभी सोच भी नहीं सकते इस तरह करना। मुझे याद है मां के साथ अमृतसर के सरोवर में स्नान किया था तो मैं तो अपनी फ्राक में थी ही, मां ने बाकायदा अपना जम्पर और पेटीकोट पहन रखा था । मैंने कभी मां को नंगा नहीं देखा । यहां तक कि अपनी बहनों को भी आज तक नंगा नहीं देखा । वर्ना बड़ी दीदी की शादी के पहले सालों हमने साथ घर पर बिताये पर ऐसा कभी नहीं हुआ कि वे हमारे सामने कपड़े बदलें या मां ने कभी हमारे सामने कपड़े बदले हों। यहां तक कि मेरी हमउम्र बहन को भी कभी नंगा नहीं देखा । यूं हम

एक ही कमरे में साथ रहते थे पर ऐसा सिखाया गया था कि कभी बदलने भी पड़े कपड़े तो या तो दूसरे कमरे से बाहर निकल जायें या आप गुसलखाने में जाकर बदले या फिर दूसरे की ओर से आंख मूंद कर ही कमरे में बदलें। इस सिखलायी के हम पक्के कायल थे। हमें मां ने एक कहानी भी सुनायी थी कि एक बार पता नहीं कैसे हुआ कि एक लड़के ने अपनी मां को नंगा देख लिया तो बस वह अंधा ही हो गया। यानी कि ऐसा डर बिठाया गया था हमारे मन में कि कभी भूल कर भी मां को नग्न न देख लें। मुझे याद है कि एक बार जब मेरी दो साल बड़ी बहन नहा रही थी और पिताजी ने मेरे छोटे भाई को गुसलखाने की दरार से झांकने की कोशिश करते देखा तो ऐसी डांट लगायी कि घर की सारी दीवारें थर्रा उठीं। तभी मां ने वह अंधे होने वाली कहानी हमको सुनायी थी कि मन में ऐसे कौतूहल पालना भी पाप है। और ऐसा डर भीतर तक बिठाया कि हम में से कोई भी किसी को लेकर ताक-झांक तक करने की कोशिश न करे।

शायद यह सिर्फ मेरे आर्यसमाजी घर की ही बात नहीं थी क्योंकि मेरी सारी सहेलियों का भी नजरिया ऐसा ही था। हमने कई बार आपस में सहेलियों के घर रातें बितायीं पर कभी ऐसा नहीं हुआ कि कोई किसी के सामने निर्वस्त्र हुआ हो। सब बारी-बारी से गुसलखाने जाकर कपड़े बदल आते थे। यानी कि देह को लेकर किसी भी तरह की जिज्ञासा को न उठने देना बड़ा सहज, लड़कीवत् व्यवहार था।

तब हम लोग गुसलखाने में ही कपड़े बदला करते थे। पर यहां पूल में तो बेपर्दा और बेदीवार गुसलखाने हैं। अलबत्ता फ्लश तो दीवार की आड़ के ही अंदर हैं पर नहाना खुला। प्लास्टिक का पर्दा तक नहीं। बस इतना जरूर है कि औरतों के अलग और मर्दों के अलग गुसलखाने हैं।

खैर मुझे अमरीकी औरतों के आगे तो शर्म आती भी थी तो खुद को इस तरह समझाकर अब बेशर्म हो चुकी थी कि यहां का तो दस्तूर ही यही है, इनका ध्यान भी इस बात पर नहीं जाता कि कोई नंगा है। इनकी नजर तो बस खुद पर ही रहती है। मैं अपने पेट पर पड़े आपरेशन का

दाग भी नजरअंदाज कर जाती थी कि किसी की नजर पड़ भी जाय तो क्या है । किसी से कुछ लेना-देना तो है नहीं । शायद ठीक ही कहा है किसी ने, शर्म तो अपनों से ही आती है, गैरों से नहीं । यहां गैरों में गोरों को भी जोड़ देती हूं ।

किसी हिन्दुस्तानी के सामने कभी नंगा नहाने का मौका नहीं बना था और इस ख्याल से भी मुझे खौफ होता था कि किसी हिन्दुस्तानी महिला ने मेरा नंगा जिस्म देख लिया तो खुदा जाने क्या हो जाय ! शर्म से शायद धरती में ही समा जाना पड़े ! इससे कभी-कभी जब वह हमउम्र-सी दिखने वाली महिला पूल में दिख जाती तो मेरा सारा दिमाग इसी सोच में लग जाता कि इससे कैसे बचा जाय ! क्योंकि तैरने के बाद नहाना भी लाजमी था । वर्ना पूल के पानी के क्लोरीन और दूसरे जिस्मों की छुआछूत अपने बदन पर लिये तो मैं घर आ नहीं सकती थी ।

यूं मैंने इस बारे में सोचा भी कि एक हिन्दुस्तानी महिला के सामने नंगा नहा लेने में मुझे मुश्किल क्यों आती है जबकि अमरीकी महिलाओं की उपस्थितिं में मैंने इस स्थिति से समझौता कर ही लिया है कि अगर तैरना है तो यह सब भी झेलना ही होगा । जो रस्मोरिवाज है, उसमें ढलना ही पड़ेगा । जैसा देश वैसा भेष ।

क्या यह बचपन से दिये गये संस्कार हैं ? भारत में तो हम लड़कियां स्विमिंग करती ही नहीं थी सो ऐसा सवाल कभी उठा नहीं । अगर गंगा नदी में नहाने गये तो पूरी की पूरी साड़ी पहने ही पानी में डुबकी लगा लेते थे । यूं भारत में ऐसे लोग भी हैं जो बिना गुसलखाने के खुले पोखरों में नहाते हैं । कृष्ण और गोपियों की कहानी भी बहुचर्चित है कि गोपियां किनारे पर कपड़े उतार कर पानी में नहाने गयी और कृष्ण ने उनके कपड़े चुरा लिये । फिर मध्ययुगीन चित्रकारों को भी हाथों या बालों से अपने उघड़े अंग ढकती हुई गोपियां दर्शाने का बढ़िया मौका मिल गया । जिसे रीतिकालीन या घोर श्रृंगारिक कह कर हमें दुत्कारना ही सिखाया गया था । यूं कोणार्क और खजुराहो की प्रस्तर कलाकृतियों में भी नग्नता तो है पर वह एक तो धर्मनग्नता है दूसरे हमें शुरू से सिखाया यही गया था कि भारतीय कलाओं का

यह उत्कर्ष नहीं अपकर्षकाल है । यानी कि ऐसी कलाकृतियों से दूर ही रहना चाहिए । यह तो उम्र के साथ परिपक्वता पाकर ही मैं देख पायी कि वह नग्नता कला का उत्कृष्ट नमूना है । वर्ना उन दिनों कोई उनके बारे में बात भी करता तो शर्म लगती या वह बंदा ही ठरकी और बदमाश किस्म का दिखता ।

मेरे भीतर यह उलझन अक्सर उठ जाती थी कि एक तरफ तो हम जिस्मों के सिर्फ मिट्टी भर होने की बात करते हैं कि सच तो आत्मा है, शरीर कुछ नहीं । वहीं दूसरी ओर जिस्म को इतनी महत्ता दी कि वह हमारे भीतर को ही उल्ट-पुल्ट कर रख दे कि उसकी रक्षा के लिए जीजान लगा दे कि हमारा अस्तित्व ही डगमगा जाये !

शरीरों को छुपाना या उससे बाहर जाकर किसी से मिलना हमारे लिए क्यों इतना अहम है ? शायद व्यक्ति जिस्म के बाहर कहीं बसता है । नंगा शरीर व्यक्ति को उसके व्यक्तित्व से निरस्त कर देता है । तब हम शरीर को देखते हैं, व्यक्ति को नहीं । या मात्र शरीर को जानना हमें जानवर होने के निकट ला देता है, हमारी इंसानियत को हड़प लेता है तभी हम शरीर नहीं होना चाहते । देखा जाय तो हमारा नुमाइंदा तो शरीर ही हो सकता है ! पर हम जिस्म से कहीं बाहर ही बसना चाहते हैं । यानी कि ये हम किसी जिस्म के भीतर नहीं हुआ मानते ।

मुझे याद है कि जब मैंने कॉलेज में दाखिला लिया तो बहुत मन था कि मैं वहां तैराकी सीखूं । पर वह क्लासें खत्म होने के बाद सिखायी जाती । और मुझसे उम्मीद की जाती कि कॉलेज खत्म होते ही घर की ओर चल दूं । यूं कॉलेज की स्पेशल बस भी तभी निकलती थी वर्ना बसें बदल कर धक्के खाते जाना होता और देर शाम पहुंचती ।

घर के पास एक आर्मी क्लब भी था जहां स्विमिंग पूल था । पर वहां कोई महिला अगर तैरती दिख जाती तो वह फिरंगी ही होती । मेरी एक मित्र की छोटी बहन आठ नौ वर्ष की थी जो वहां जाती थी। अक्सर मैं भी सहेली के साथ वहां जाती । पर मेरी सहेली जो मेरे साथ कॉलेज जाती थी, कभी भी पानी के अंदर नहीं गयी । बस हम उस की छोटी बहन तोती को तैरते हुए देखते और किनारे बैठ गपशप किया करते ।

और तो और हमें उन दिनों स्विम सूट पहनने में भी शर्म आती थी। सिर्फ इसीलिये तैरने की भी शर्म थी कि स्विम सूट पहनेंगे तो आधे से ज्यादा जिस्म उघड़ जायेगा, सब देखेंगे । और किसी ने देख लिया तो पता नहीं क्या हो जायेगा ! डर ! डर ! डर !

शायद यह भी सुरक्षा नियमावली का सूत्र था ।

शायद यह डर गलत नहीं होगा । आजकल बहुत से लोग यह कहकर बलात्कार को सही साबित कर देते हैं कि लड़कियां इस तरह जिस्म उघाड़ेंगी तो रेप तो होगा ही । इस तरह के डरों के साथ जीना, अंधेरे से पहले घर पर आ जाना, देर रात बाहर न घूमना–ये सब डर उस एक बड़े हादसे से बचाने के लिये पैदा किये जाते होंगे । अभी भी वही कोशिश की जाती है पर लड़कियों को तो इसके खिलाफ लड़ाई जारी रखनी ही है ।

यहां अमरीका में तो लड़कियां सड़कों पर भी बरायनाम कपड़े बेखटके पहनती हैं और पूल में बिकनी पहनना कोई बात ही नहीं । और फिर लड़कियों की उपस्थिति में नहाने की बात पर तो उनके दिमाग में मेरे जैसा ख्याल आना ही असंभव बात होगी । मुझे इतनी परेशानी क्यों है ? मैं भी तो इतने सालों से यहां रह रही हूं । यह बदलाव मुझमें सहजता से क्यों नहीं आता ? मुझे अपने साथ काम करने वाले एक पाकिस्तानी मित्र की बात याद आयी । कुछ जिम (व्यायामशाला) की बात उठी तो कहने लगा कि मैं तो जिम जाता ही नहीं, साले सारे आदमी नंगे नहाते हैं, मुझसे तो यह देखा नहीं जाता, न ही मैं खुद किसी आदमी के सामने कपड़े उतार सकता हूं । तब मुझे समझ में आया कि यह सिर्फ मेरी समस्या ही नहीं थी ! हम जो भारतीय उपमहाद्वीप में बड़े हुए, सबमें इस तरह की ग्रंथियां होती हैं ।

पर मैंने इधर यह भी ठान लिया कि मैं अपनी इस हिचक पर जरूर विजय पाऊंगी । आखिर इतनी भी क्या बात है ?

अगली बार ज्यों ही वह भारतीय महिला तैराकी खत्म करके पानी से बाहर निकली मैं भी उसके पीछे–पीछे निकल आयी । आज सामना होना था और मैंने खुद को तैयार भी कर लिया था । जबकि वह तैयार

थी या नहीं इसका अंदाज मुझे नहीं था । हो सकता है उसके भीतर वैसी गांठें न हो जैसी मुझमें हैं या कि मुझसे ज्यादा ही हों, क्या पता !

वह काफी देर तक स्विम सूट पहने-पहने ही फव्वारे के नीचे खड़ी रही । दो और अमरीकी महिलायें भी हमारे साथ ही नहा रही थीं और उन्होंने स्विम सूट उतार दिये थे ।

मैं भी स्विम सूट उतारे बिना ही पानी के नीचे खड़ी रही । फिर सहसा अपने मन की हिचक को परे करके मैंने भी अपना सूट उतार दिया । पर अब मेरी पीठ ही उस भारतीय महिला की तरफ थी, मेरा सामने का हिस्सा दीवार की ओर । वह सिर्फ मेरा पीछा ही देख सकती थी । मैंने उसी तरह खड़े हुए शरीर में साबुन लगाया, फिर बाल धोने लगी । बालों के लिये शैम्पू उठाने के लिये मुझे सामने होना जरूरी था। पर ज्यों ही मुड़ी तो देखा गेहुएं रंग की कमर के नीचे के उभार और खूब मजबूत धूप में सिंकी टांगे । यानी कि वह भी मेरी ओर पीठ करके नहा रही थी और उसने मुझे तब नहीं देखा जब कि मेरी आंखें उसका मुआयना कर रही थीं । यानी कि वह भी इस बात के प्रति सचेत थी कि किसी तरह हमारा एक दूसरे से सामना न हो !

शैम्पू लगा कर मैं देर तक इसी तरह नहाती रही उसकी ओर पीठ किये कि शायद वह इस बीच नहाना खत्म करके बाहर निकल जाये । यूं बाहर निकलते ही हम सबके लाकर थे जहां से कपड़े निकाल कर पहनने होते थे । यहां भी नंगे दिख जाने का खासा रिस्क था । पर अब हिम्मत की ही है तो सब कुछ करना ही था मुझे ।

ज्यों ही फव्वारा बंद करके मैं बाहर निकलने लगी तभी वह भी मुड़ी। पल भर में हम एकदम एक दूसरे के सामने थे । अलफ नंगे । हम दोनों ही भौंचक-सी एक दूसरे को देखने लगीं । उसका कुछ गोल-मटोल-सा जिस्म पर कसा हुआ था । पेट थोड़ा बाहर को निकला हुआ, छातियां बड़े-बड़े रसभरे पके आमों-सी, निचले तिकोन पर खिचड़ी छितरे बाल । दूसरे ही पल वह झट से गुसलखाने के बाहर टंगे तौलियों में से अपना तौलिया लेकर न दिखाये जाने वाले अंगों को ढकने लगी । मैं भी उसके पीछे-पीछे तौलिया लपेट अपने लॉकर के पास आ गयी ।

जिसका डर था वह हो चुका था। जब कुछ अनचाहा घट ही जाता है तो या तो हम वहां से भाग खड़े होते हैं या फिर सामना करते हैं। भागने वाले डरपोक और सामना करने वाले वीर, हिम्मती। शायद हम दोनों को ही भगोड़ा कहलाना अखरता !

यहां की सभ्यता का तकाजा था कि हम एक दूसरे से आंख न चुराकर एक भले इंसान की तरह मुस्कुराकर मिलें। यूं चुरा भी जाते तो बात हम दोनों के बीच की ही थी। पर मन में अस्वस्थता महसूस हो रही थी। शायद उसके भी।

कपड़े पहनते-पहनते हमारी आंख फिर मिली। इस बार मुझे देखते ही वह मुस्कुरायी, मैं भी सिर हिलाकर अभिवादन-सा करती मुस्कुरा दी।

वह बोल पड़ी–आपको यहां काफी बार देखा है मैंने। क्या रोज आती हैं ?

वह ऐसे बोल रही थी जैसे कि हमारे बीच कोई बड़ी बात न हुई हो। मैं भी अचानक एकदम सहज-सी हो गयी–रोज तो नहीं पर हफ्ते में दो या तीन बार तो आ ही जाती हूं।

वह बोली–मैं मंगलवार को जरूर आती हूं। अगर आप भी आती हों तो तैराकी के बाद हम लोग लंच साथ ले सकते हैं।

अचानक इतनी बेतकल्लुफी ! वह इस तरह दोस्ताना ढंग से मुझसे बात कर रही थी जैसे हम वर्षों से एक दूसरे को जानते हों !

मुझे भी कुछ ऐसा महसूस हुआ कि जैसे वह अरसे से मेरी तैराकी की साथिन हो !

ठीक है। तो अगले मंगलवार को पक्की बात रही।

कुछ देर पहले की वह अनजान, अनचाही अजनबी पता नहीं कहां गायब हो गयी थी।

मैं उससे विदा लेकर घर की ओर आ रही थी तो बहुत हल्का-हल्का महसूस हो रहा था जैसे आज के दिन अनजाने ही कुछ अच्छा घट गया था।

ऐसा महसूस हुआ कि आज हम एक दूसरे के व्यक्तित्व से

परिचित हो रहे थे । जिस्म कहीं हम होते हैं पर वह हम से अलग होता है, अलग हस्ती रखता है । वह हमारा होता है पर हम वह जिस्म नहीं होते, अगर हम नंगे होते हैं तो हमें लगता है जैसे कि वे हम नहीं कि वह पूरे हम नहीं होते ।

यह जो कुछ भी था जिस्मों से बाहर था, यह हम दो इंसानों का जुड़ना था ।

❖❖

गुनहगार

वह घूरे जा रही थी अखबार के उसी पन्ने पर जहां इश्तहार छपा था। उसे विश्वास ही नहीं हो रहा था कि यह इश्तहार उसके लिए है ।

यूं अखबारों के इश्तहारों से शादियों के काम लेना उसके लिये नयी बात नहीं थी । बेटी की शादी के लिए इसी तरह से वह चुना गया था। यहां तक कि छोटे बेटे के लिये भी इश्तहार निकलवाया था । वह तो यूं हो गया कि इश्तहार से बात बनी नहीं और बेटा फिर अपनी पसंद की ही फिरंगी दुल्हन ले आया । वही दुल्हन अब कहती थी कि "योर मदर शुड हैव हर ओन इन्डिपेंडेंट लाइफ़ । मेरी मां ने भी तो दूसरी शादी की है । इसमें कोई बड़ी बात नहीं । यहां जो रहता है उसे यहीं के रीति-रिवाज के अनुसार चलना चाहिये ।"

"मम्मी कुछ गलत तो नहीं कहती वह ?" बेटा बीवी की हां में हां मिलाता है ।

इस सब का नतीजा यह कि उसका रहने का कोई घर नहीं । बेटे के पास रहने का उसका हक़ छिन चुका है । छिनना तो क्या, कभी दिया ही नहीं गया । यही उम्मीद की कि मां कभी-कभार मेहमान बनके तो आ सकती है पर अपनी अकेली जिंदगी का बचा-खुचा हिस्सा उन्हीं के सिरहाने काटने नहीं आयेंगी । बेटी के पास जाओ तो जँवाई इस तरह घूरता है कि बेटा तो रखता नहीं, अब हमारे सिर पर बोझ क्यों उतार रही हो अपना ? जँवाई की तो जिम्मेदारी है नहीं कि सास की देखभाल करे ।

कहां जाये रत्ना ? अब क्या करे ?

अखबार के खुले सफ़े पर फिर से निगाह चली जाती है !

कैसे कर सकी वह ?

पर उसी ने तो निकलवाया है कि एक साठ बरस की विधवा विवाह के लिये उपयुक्त पात्र खोज रही है ?

उपयुक्त पात्र से क्या मतलब ? शायद वह खुद भी इस मामले में साफ़ नहीं ?

हां कोई लूला-लंगड़ा न हो ! इतना तो साफ़ कह सकती है ?

पर कहना चाहती क्या है ?

मन किससे मिलेगा ? क्या इसे साफ़ तौर पर लिखा जा सकता है ?

क्या ऐसा कोई होगा जिसके साथ रहा जा सके ?

कहने को तो यही कहा जाता है और वही कहा है उसने-अधेड़ उम्र का । पंजाबी हो, पर किसी और प्रांत का भी हो सकता है । स्वस्थ, शराब न पीने वाला । ऐब और बीमारियों से मुक्त ।

विधुर, तलाकशुदा या अविवाहित ।

चाहे छोटी बहन और जीजा ने ही सुझाया था यह सब । पता नहीं गंभीर थे कि चस्के ले रहे थे । मन ही मन तो वे दोनों भी हंसते ही होंगे। पता नहीं किस-किस रिश्तेदार से चाहे बातें भी बनाते फिरें ! कितना छिछला, कितना छिछोरा समझेंगे सब मन में उसे ! वैसे तो जीजा-बहन बहुत मददगार बनते हैं । सलाह तो उन्हीं की दी हुई थी। उसको उबारने का ही यत्न था । पर अगर रत्ना खुद न हामी भरती तो किसी को क्या पड़ी थी इश्तहार निकलवाने की । असली मर्जी तो उसकी अपनी ही थी न । झुठलायेगी कैसे वह इस बात को !

मर्जी थी किस बात की, यह वह शायद खुद भी नहीं जानती । क्या सचमुच शादी रचायेगी किसी दूसरे पुरुष से ? छिः छिः ! कितनी घिनौनी बात है ! और रत्ना के रोंगटे भी खड़े हो जाते ! भीतर कहीं कुछ नरम-सी, कुम्हलायी हुई-सी पंखुरी अंगड़ाई लेने लगती ।

कहीं सचमुच ? और नयी-नवेली दुल्हन-सी वह खुद से भी शरमा जाती ।

कोई पुरुष सचमुच उसे छुवेगा ? उसे अपनायेगा । उसका अपना

होगा ? बहुत अपना ? अपनों-सी बातें करेगा ? उसका चेहरा, उसका जिस्म, उसके हाथ, उसके होंठ, उसकी आवाज, उसकी मुस्कान, उसका सब कुछ इतना पास, इतना पहचाना ? रत्ना सोचकर सिहर उठती है !

बच्चों की परवरिश में लगा उसका विधवा शरीर किसी कुंआरी से भी ज्यादा कुंआरा हो चुका है। क्योंकि वहां किसी के आने का इंतजार नहीं। किसी के कभी न आने का मूक स्वीकार है लड़की के चेहरे पर गुलाब की तरह जो एक बार खिलकर खिला ही रहे। चाहे कोई आये न आये। उसे तो खिलना ही है। उन सब को अपने खिलाव से पोसना ही है जो उस पर निर्भर है।

और अब तो कोई निर्भर नहीं। सब अपने-अपने ठिकानों पर पहुंच चुके हैं। तो किसके लिये खिला रहे गुलाब ?

क्या झर कर खत्म हो ? या दे जाये किसी और को अपनी रंगत का सुख और पा जाये खुद उस सुख का भोग।

घबरा जाती है रत्ना। उस भोग के नाम से भी।

साथ में पड़े थे तस्वीरों के साथ भेजे गये उम्मीदवारों के जवाब भी। उसकी हिम्मत नहीं पड़ रही थी कि उनको ग़ौर से देख कुछ सोचे। फ़ैसला लेने की बात तो दूर रही।

भीतर एक ही बात चक्रवात की तरह घूम रही थी–आसमान में बैठे प्रताप कुमार क्या कह रहे होंगे ? क्या हो गया है उनकी पत्नी को। अब तक जो उनको अनथक पूजती रही। हमेशा उनकी याद को सीने से लगा जीवन का हर कर्म सही ढंग से निभाती रही। आज इस पर तुल आयी है ! यह क्या हो गया है उनकी विधवा सुपत्नी को !

और रत्ना के भीतर जैसे कोई तूफान घिरे जा रहा था–

यह हो कैसे गया ? क्यों हो गया ?

प्रताप की स्मृति को क्यों लांछित कर रही है.... प्रताप जी ने तो सिर्फ़ उसे प्यार दिया। बहुत-बहुत प्यार दिया। यहां तक कि उसे अपने परिवार वालों के बोझ से भी बचाये रखा। ननद आके साथ रहना चाहती थी। पैसे भेज दिये पढ़ाई के लिए फिर दहेज के लिये भी। कहा कि रत्ना को कोई तकलीफ़ नहीं देगा।

प्यार दिया इसी से अभी तक कसक बनी हुई है। चालीस बरस बीत गये उस विवाह को। आज भी वह प्रताप की ही दुल्हन है।

सचमुच कोई शिकायतें तो याद ही नहीं। हों भी, तो प्यार के ही उलाहने। वर्ना मौकों-बेमौकों पर दिल को छील जाने वाले उनकी अनुपस्थिति के अहसास।

तो फिर यह इश्तहार किसलिए ?

कभी ऐसा कर पायेगी, उसने सोचा नहीं था।

लेकिन और कोई चारा बचा है सिवा निपट अकेलेपन के !

कोई तो उसका नहीं ! तब वह क्यों किसी की परवाह करे !

विधवा हुई थी तो अकेली ही थी पर कभी उस तरह अकेला होना महसूस नहीं हुआ। किसी-न-किसी को साथ देते पाया ही। फिर अपने बच्चे तो हर दम घेरे ही रहते थे। अब उम्र का तक़ाजा। परदेश के रीति-रिवाज। कहीं कुछ बात बन ही नहीं रही। न किसी से शिकायत करने जाएगी, न खुद के जीने का ही कोई बंदोबस्त।

तो वह ऐसा सिर्फ़ अपने बच्चों को अपने रिश्तेदारों को सज़ा देने के लिए.... सिर्फ़ सज़ा देने के लिये ही कर रही है ! यह बताने के लिए कि तुम्हारे घर में मेरे लिए जगह नहीं तो मेरे यहां भी तुम्हारी जगह... तुम्हारा ख्याल नहीं.... !

उन को तो अंदाज भी नहीं होगा ?

अगर उनको अंदाज ही नहीं, तो फिर....

पर हां, अगर सचमुच विवाह कर ले तो पता तो चलेगा ही... तब चोट भी खायेंगे ! क्या पता चोट लगे ही न.... किसी को कुछ फर्क पड़े ही न !

तब इस कुकर्म का लाभ ही क्या ?

लेकिन देखा जाये तो तब वह सुख से जी सकती है। कोई उसके नये-नवेले जीवन में तब दखलअंदाजी तो नहीं करेगा न ! न ही उसे किसी को कोई कैफ़ियत देनी पड़ेगी !

और क्या सचमुच वह उनको चोट पहुंचाना चाहती है ?

चोट पहुंचेगी कि नहीं, पर उनका रास्ता साफ़ हो जायेगा ? अब

रत्ना को आश्रय देने का बोझ कोई महसूस नहीं करेगा। चाहे भाई-बहन हों या अपने बच्चे !

कोई नहीं कहेगा कि यहां तो सबको अपना-अपना इंतजाम करना होता है। किसी को दूसरे का मुंह नहीं जोहना चाहिये।

सब कहेंगे-"अब किसी को रत्ना की खोज-खबर लगाने की जरूरत नहीं। अपना मजे से रह रही है।" चाहे बेचारी का दम का दम ही घुट रहा हो ! किसी को क्या परवाह !

रत्ना ने हिम्मत करके एक लिफ़ाफा खोला। अधेड़ से व्यक्ति की तस्वीर। खिचड़ी दाढ़ी और गंज। वितृष्णा-सी हुई उस को। कहां उसके पति प्रताप और कहां यह बूढ़ा-खूसट ?

प्रताप आज होते तो क्या इस तरह लगते ? नहीं। कतई नहीं। उनकी सज्जनता, उनकी गरिमा तो आज भी वैसी ही होती। ठीक है चेहरे पर उम्र आ भी जाये पर व्यक्ति का व्यक्तित्व तो बदलता नहीं। यूं उनका बूढ़ापन वह नहीं देख पाती। अपने हर बिम्ब में वे युवा ही होते। उसी उम्र में छप गया था चेहरा जिस में गये थे। उसके छत्तीस वर्ष के युवा प्रताप कुमार। बल्कि जो तस्वीर घर में लगी थी। वह साल भर पहले की थी। वही चेहरा था अब रत्ना की आंखों में। तस्वीर वाला चेहरा। असल चेहरा तो जाने कब का धुंधला-सा हो गया था।

बेटा भी तो लगभग उसी उम्र में था। कितना मिलता-जुलता है पापा से।

पर उससे क्या ? वह भी कहां है अब रत्ना की दुनिया में ? सब अपने-अपने दड़बों में घुसे हैं। अपनी-अपनी परवाह। किसी दूसरे की खोज खबर नहीं, चिंता नहीं। जैसे कि दुनिया सिर्फ़ उनके अपने इर्द-गिर्द ही घूमती हो। उसके बाहर कुछ नहीं।

अपने भाई, अपनी बहनें, अपने बेटे, अपनी बेटियां। फिर भी इस बड़े से संसार में कोई अपना नहीं। सबको लगता है कि कहीं रत्ना उनके साथ न रहने लग जाये ! पता नहीं कितना बड़ा मसला खड़ा हो जायेगा उनकी जिंदगियों में ! रत्ना अब एक बहन या मां नहीं, एक मसला थी, एक मुसीबत, एक समस्या जिसका कोई हल नहीं था।

यह भी कोई शाप था क्या ? इसी उम्र में पति चल बसे थे । अब बेटा दुनिया में होकर भी उससे दूर हो गया है ! एक-एक करके सब का साथ छूटता गया । बस यहीं तक साथ होना था ! अब बस अपना अकेलापन । अपने आप का बोझ । कितनों के बोझ ढोये ! अब अपना बोझ ढोने के भी काबिल नहीं ।

कोई साथ चाहिए । बोझ ढोने में मदद करने वाला ! क्या ऐसा भी कभी होता है ?

रत्ना मेज पर पड़ी हर तस्वीर को ऐसे देख रही थी जैसे किसी से चोरी कर रही हो । जबकि उसकी अपनी बेटी ने ही उसे सलाह दी थी कि–"मम्मी आपको बुढ़ापे में अपना कोई साथी ढूंढ़ लेना चाहिये। यहां सब ऐसे ही करते हैं । मेरी सहेली की मां तो अस्सी की होने वाली हैं और वे छियासी साल के अपने एक पड़ोसी के साथ जुड़ गयी हैं । दोनों मजे से रहते हैं.... एक दूसरे का साथ भी रहता है, एक दूसरे की देखभाल भी करते हैं । वर्ना मम्मी पोते-पोतियों के पास कहां वक्त है ?"

बहन ने अपना सुझाव दिया था–"बहन जी आपको जिंदगी अपने ढंग से, अपने बूते पर जीनी चाहिये । आपको भी कोई ब्वायफ्रेंड बना लेना चाहिये । यहां तो बूढ़े-बूढ़े लोग शादी करते हैं । यहां इसमें कोई बुराई नहीं मानी जाती । उल्टे लोग खुश ही होते हैं कि आपने बुढ़ापे में भी जिंदगी को रसमय बना लिया । वर्ना भाई-बहनों के आसरे कहीं बुढ़ापा कटता है ? किसी के खाविंद को उज्र होगा तो किसी की बीवी को । भाई-बहन शादी के बाद कहां अपने रहते हैं ? पहले अपने बीवी-बच्चों को ही संवारेंगे आखिर...."

रत्ना के चेहरे पर विद्रूप की लहर-सी फैल गयी । पागल हो गयी है बहन भी । मज़ाक सूझता है इसे ।

फिर गुस्से में जैसे सारी दुनिया से बदला लेती हुई आवाज में कहा– "ठीक है तू ढूंढ़ दे मुझे आदमी । कर लूंगी मैं दूसरी शादी । बुढ़ापे की शादी ।"

जीजा पूरे जोर से बोला–"ठीक है, मैं अखबार में इश्तहार दे दूंगा।

फिर जवाब आयेंगे तो मिल लेना । मिलना आपको ही पड़ेगा । मुझे मत घसीटना इस झंझट में ।"

"ठीक है तुम इश्तहार दे दो ।"

रत्ना उत्साहित थी । एक खेल का-सा मज़ा भी था और कुछ पा लेने की उम्मीद भी ।

साथ ही भीतर कहीं रत्ना इतना उजड़ा, इतना अकेला महसूस करती रही थी कि कहीं लगा कि यह इलाज भी करके देख लिया जाये । शायद मन को कुछ सुकून मिल जाये !

सच यह था कि रत्ना के भीतर कहीं कोई दबी हुई ललक भी थी। जरा देखें तो क्या होता है ! कैसा पुरुष होगा ? किस तरह का व्यक्ति रत्ना को पसंद करेगा ? उम्र के इस पहलू पर आकर किस तरह का मज़ा होता है ?

और सबसे बड़ी बात तो यह कि अकेला बुढ़ापा काटना बड़ा दूभर है । बीमार हो जाओ तो कोई पूछने वाला नहीं !

पोते-पोतियों से रत्ना कुछ उम्मीद कर नहीं रही थी । यूं भी अभी वे बहुत छोटे थे ।

पर हैरानी तो अपने बेटे पर ही थी जिसका सारा धर्म-कर्म अब उसकी औरत ही थी । बेटी को भी अपने पति के मारे मुंह मोड़ लेना पड़ा ।

और अगर वह सचमुच किसी दूसरे पुरुष के साथ रहने लगे तो सब क्या इसे स्वीकार कर पायेंगे ? ओह कितनी शर्म आयेगी उन्हें । चाचे-ताये के आगे सबकी नाक कट जायेगी । वे कहेंगे– "देखा दूसरा आदमी कर लिया है रत्ना ने ।"

ओह ! कैसे सुनेगी लोगों की ऐसी बातें ।

कैसे चोट पहुंचा सकती है अपनों को ?

लेकिन रत्ना भी करे तो क्या ? कैसे उठाये, इस कभी न खत्म होने वाली जिंदगी का बोझ । जब तक जीना है, जीना तो है ही । तब कैसे जीना है ?

क्या यही एक सुविधाजनक रास्ता नहीं है ? बच्चों-रिश्तेदारों की

भी जिम्मेदारी खत्म हो ! वह मेज पर सभी तस्वीरें फैलाने लगी । ज्यादा नहीं । चार ही लोगों ने जवाब दिया था । एक तलाकशुदा था, बाकी दोनों की पत्नी की मृत्यु हो चुकी थी । एक उम्मीदवार तो अपने बेटे के साथ रह रहा था और उम्मीद कर रहा था कि अगर रिश्ता बन जाये तो वह रत्ना के घर में रहने चला आयेगा । एक अमरीकी का खत भी था । वह भारत और पाकिस्तान रह चुका था और उसे किसी हिन्दुस्तानी औरत के मिलने और उसके साथ जीवन गुजारने में दिलचस्पी थी । उसकी यूं तीन शादियां और तीन ही तलाक हो चुके थे । उसने यह भी लिखा था कि वह मानता है कि पत्नी के रूप में एशियाई औरतें ज्यादा कोमल, भावनामयी और सेवापरक् होती हैं ।

रत्ना ने मुंह बिचकाया–"साला सेवा करवाना चाहता है । अब मेरी सेवा करने वाली उम्र नहीं । मैं तो अपनी सेवा करवाना चाहती हूं । मुझे क्या पड़ी है कि साठ साल की उम्र में यह दूसरी बीमारी पाल लूं। इनके लिए खाना बनाओ । सफाइयां करो । आगे कम काम किया है ज़िंदगी में, जो ये और मुसीबत पालूं ?"

उसे दूसरे पुरुष के विचार मात्र से ही घबराहट होने लगी ।

कैसा जमाना आ गया है । रत्ना की मां आज जिंदा होती तो क्या कहती । विधवा बेटी दूसरी शादी कर रही है और वह भी साठ साल की उम्र में ?

वह सचमुच अगर इन निवेदकों से मिली तो क्या सोचेंगे वे अपने मन में ? कैसी औरत है जो इस उम्र में इश्तहार दे रही है । उसकी हंसी तो नहीं होगी ? उसको कमजोर चरित्रवाली तो नहीं समझा जायेगा ? उसे याद है कि जब पंजाब में कॉलेज में थी तो उसकी जो कोई सहेली भी मर्दों में दिलचस्पी लेती थी उसे "लूज-कैरेक्टर" का कह दिया जाता था ।

रत्ना को सोच के शर्म आने लगी । शायद उसे भी कोई "लूज कैरेक्टर" समझेगा । सेक्स की भूखी समझेगा । जबकि ऐसी बात कतई नहीं । सारी उम्र तो प्रताप कुमार के नाम बिना शारीरिक भोग के निकाल दी । अब भला क्योंकर ऐसा करेगी ?

पर यह अकेलापन... यह निपट अकेलापन ?

इसका क्या इलाज करें ?

और मन फिर उड़ने लगा–"मुझे तो कोई घुमाने वाला पति चाहिए। जिसे देश-देश घूमने का शौक हो। जिसके पास गाड़ी हो और शौक भी और वे दोनों खूब दूर-दूर तक घूमने जायें। उसके कंधे पर सिर रख रत्ना अपना सारा दुःख भूल जायेगी। उसकी बांहों का घेरा रत्ना को हर आपत्ति से बचा लेगा। उसका मज़बूत हाथ जब रत्ना के हाथ को अपनी गिरफ़्त में लेगा, तो रत्ना की हर फ़िक्र भाग जायेगी। वह ऐसा महसूस करेगी जैसे अचानक फिर से सारी दुनिया रंगभरी और खुशनुमा हो गयी हो। बस, तब रत्ना की सारी मुरादें पूरी हो जायेंगी और वह तब खुशी-खुशी मर सकती है। वर्ना... वर्ना बहुत कुछ अधूरा... अतृप्त रह जायेगा... !"

पर उसके उस स्वयंवर के रचाव में एक भी वर उसे भला नहीं लगा। आने को अभी और भी जवाब आ सकते थे। इश्तहार दुबारा भी दिया जा सकता था। पर एक वितृष्णा से रत्ना ने तस्वीरों को परे धकेल दिया–"ह्वॉट नानसेंस !! यह क्या कर रही हूं मैं।"

उसकी सारी जीवन योजना तो बेटे की जिंदगी की योजनाओं के इर्द-गिर्द ही बनी थी–छब्बीस में डॉक्टर बन जायेगा, फिर दो साल रेजीडेंसी के बाद शादी करेगी उसकी। इस बीच वह अपनी बैंक की नौकरी करती रहेगी। जब उसे रेजीडेंसी खत्म करने के बाद ढंग की नौकरी मिल जायेगी, तब वह भी बैंक से त्यागपत्र दे देगी। इस बीच पोते-पोती भी आ जायेंगे। तब बेटे के पास रहने चली जायेगी।

ये योजनायें मां-बेटे ने साथ-साथ बनायीं थीं और सब कुछ योजना के अनुसार ही होता भी रहा था। बस एक ही जगह गड़बड़ हुई।

गड़बड़ हुई, तो सारी की सारी योजना ही खड्डे में पड़ गयी !

जो कुछ भी मां-बेटा चाहें वह जरूरी तो नहीं कि हो ही क्योंकि शादी वाले पड़ाव के बाद से दो नहीं, तीन की राय को ध्यान में रखना वे दोनों भूल गये। बहू की भविष्य योजना में रत्ना की शरीक़ी नहीं थी। सो अब सारा मसला यहीं आकर खटाई में पड़ गया था।

रत्ना पहले पति, फिर हमेशा बच्चों के साथ ही रही ।

अब क्या करे ? किसी के तो साथ रहना है ?

बेटियों के साथ रहना मांओं को मंजूर हो भी जाय तो जँवाइयों को रास नहीं आता । फिर दस्तूर तो यही रहा है कि बेटे के पास रहेगी मां। कहां गलती हो गयी रत्ना से ?

क्या कमी कर दी उसने, किस तरह बड़ा किया कि आज बेटा इतना पराया हो गया । सास-बहू के रिश्तों के तनाव कोई नयी बात तो नहीं । सभी घरों में ऐसा होता है । पर इससे क्या कोई मां को घर में नहीं रखता ?

दूसरे रिश्तेदारों के यहां जाकर रहना तो मिट्टी-पलीद करवाने वाली ही बात है ।

यह तो कोई तरीका न हुआ रहने का ?

सारी उम्र तो रत्ना हारी नहीं थी । लड़ती रही थी हालात से । अब एकदम पस्त-सी हो रही है । लगता है जिसके लिए जिंदगी गुजार रही थी । अब उसी के ज़िंदगी का हिस्सा न होने पर सब कुछ निःसार हो गया है । एकदम निरर्थक !

और उस निरर्थकता में यह सार्थकता खोजी है रत्ना ने । एक दूसरे पुरुष का साथ !

एक विद्रूप, एक भीषण अट्टहास फैल गया था उसके आस-पास ।

अपने प्रति घृणा, वितृष्णा से भरती जा रही थी वह ।

यही सूझा था । बस आ गयी दूसरों की बातों में । जो व्रत उम्र भर का था, उसे यूं ही तोड़ने को तैयार हो गयी । प्रताप की मृत्यु के बाद भी जब जवान थी तब तो शादी की नहीं । अब चली है अपना व्रत तोड़ने! खिल्ली का सामान बनने । क्या कोई आत्मसम्मान नहीं उसका ?

ऐसे लगा जैसे वह अपनी नीलामी खुद कर रही हो । एक लावारिस औरत हो गयी हो... किसी से कुछ लेना-देना नहीं । किसी से जवाब-देही नहीं ।

लावारिस औरत, जो लाचारी में आवारापने पर तुल गयी हो ।

क्या वह बदला लेना चाह रही थी सबसे । तुम औरों के हो गये

तो मैं भी किसी और की हो जाऊंगी–बस क्या यही तरीका रह गया है उसके पास ? कोई अपना न रहा तो यही अपनी किस्मत सही । पर यह भी तो जरूरी नहीं कि अपनों की कमी को इस तरह पूरा करे वह ।

यह सोच ही परेशान कर रही है रत्ना को कि कैसे कर पायी वह यह ?

फिर एक अजीब-सा ख्याल आया था ! क्या यह इश्तहार ही भेज दे सबको ? या झूठमूठ का शादी का कार्ड ?

फिर जैसे सचेत हुई । नहीं । कितनी नागवार बात होगी ।

पता नहीं क्या पागलपन-सा सवार हो रहा था रत्ना पर–तूने ऐसा क्यों...? क्यों किया रत्ना । प्रताप कुमार की रूह को भी कितनी तक़लीफ पहुंच रही होगी ! ऐसी अवमानना । ऐसा अपमान ! अपने इकलौते कमरे के अपार्टमेंट में अचानक फफ़क-फफ़क कर रो रही थी रत्ना... अखबार की, तस्वीरों की चिंदियां-चिंदियां किये जा रही थी। सिसकियों के बीच बड़बड़ाती जाती–"देखो सब । देखो मेरा हाल । देखते क्यों नहीं ? किस्मत ने मुझे इस हद तक ला दिया... क्यों सब मौत की तरह खामोश हो गये हैं... किसी को मेरी जरूरत ही नहीं रही ।"

"अपने इस हाल के लिये किसको दोष दूं मैं... बता न ? किसको? किस्मत को या खुद को ?"

सारे कमरे में अखबार की चिंदियां फैली हुई थीं और रत्ना जमीन पर उनके बीच घुटनों पर सिर टिकाये इस तरह बैठी हुई थी जैसे पहली बार विधवा हुई हो !

पहली बार अपने पति की मौत का मातम मना रही हो !

❖❖

दरबान

आज कुछ नहीं है उस कोठी के अंदर । पर वह ज्यों का त्यों दरवाजे के पास कुर्सी बिछा कर बैठा है ।

कभी बहुत कुछ था जिसकी हिफ़ाज़त उसे करनी थी । पहले यह उसका सिर्फ़ धर्म था । अब हिफ़ाज़त उसका स्वभाव बन गया है क्योंकि उम्र भर उसने एक ही काम किया है–हिफ़ाज़त । घर की, व्यवसाय की और परी की ।

हां, पहले यहां एक परी रहती थी । एकदम चांदनी की तरह उजली, बेदाग़ । मुखड़ा पूनम के चांद की तरह दिपदिपाता था । जिस्म ऐसा ढला था जैसे किसी मंजे हुए कलाकार की सर्वोत्तम कृति । महकता हुआ जिस्म । छरहरा, पर गुलाबीपन लिये ।

उसने मन मोह लिया था ऐसे, कि वह अपना–आपा भूल गया था। परी उसे चाहिये ही थी । परी के बिना वह जिंदा नहीं रहेगा । परी उसकी हो जाये, बस । उसको अपनी बनाकर रहेगा ।

परी तो भोली थी । निर्दोष । उसे दीन–दुनिया की खबर ही नहीं। बीसवां लगा था । कॉलेज खत्म ही हुआ था । सोचती थी वह और पढ़कर पढ़ायेगी ।

वह अपना बड़ा सारा नोटों का पुलिंदा लेकर हाज़िर हो गया परी के संरक्षकों के दरबार में । वह परी को ब्याह कर ले आया ।

एक दिन वह परी को एक सुंदर–सी पहाड़ी पर ले गया । नीचे झील बह रही थी । आस–पास ढेर सारे रंगबिरंगे फूल खिले थे । उसने ढेर सारे फूलों की पंखुरियों से परी के जिस्म को ढँक दिया । फिर उसका

एक-एक पोर चूमता रहा । उसकी छातियों के गिर्द, उसकी जंघा के बीच पंखुरियाँ सजाता रहा । उसने परी की आंखों को पंखुरियों से ढँक दिया । उसके होठों को मकरंद से भर दिया । ढेर सारे फूल उसके जूड़े में खोंस दिये । परी का पूरा जिस्म एक गुलदस्ते-सा दीख रहा था। उसने वह गुलदस्ता हाथ में उठाया और जोर से अपनी बांहों में भींच लिया । सारे फूल-पंखुरियां मसल कर बिखर गये । वह खूब हंसा, खूब खुश था और परी उसके खेल को निहारती रही ।

"परी ! परी कहां हो ? कुछ बोलो तो ! मुझसे प्यार करो परी !"

वह जब परी से ऐसे खिलवाड़ करता तो परी को अच्छा लगता । वह धन्य-सी हो जाती । पर परी अपने मुंह से कुछ कहती नहीं । वह जैसे आत्ममुग्ध-सी रहती थी । अपने में भरीपूरी । तुष्ट ।

भीतर कौन जाने क्या उठता हो, बाहर से हमेशा तुष्ट दीखती ।

क्यों तुष्ट दीखती थी परी हमेशा ?

यह भी कोई परी का ही रहस्य था ।

परी किसी को अपना रहस्य जानने नहीं देती ।

परी की मां ने उसे बतलाया था कि सुख मानने में है ।

और वह मान बैठी थी कि वह सुखी है । शायद तभी वह तुष्ट थी, तन्मय थी तपस्विनी थी प्रेम उसकी प्रकृति थी ।

उसने परी को खूब सारे सुंदर से सुंदर क़पड़े गहनों से मढ़ दिया। रोज परी को नयी साड़ी पहनाकर वह अपने दोस्तों के घर ले जाता, सबको फ़ख्र से दिखाता-फिरता अपनी जीत, अपना ईनाम, अपनी दौलत!

परी तो फिर परी थी । चलती, तो सारी धरती महकने लगती । सबके नथुनों से टकराती खुशबू और वे खुशबू का राज जानने को आतुर हो जाते ।

वे कुछ कहते, तो परी मुस्कुरा देती, शर्मीली मुस्कान ! मुस्काना तो परी की फ़ितरत थी । न भी मुस्कुराये तो लगता कि मुस्कुरा रही है। गालों में भी मुस्कान के गड्ढे स्थायी रूप से पड़ते रहते ।

एक बार परी के देश में एक छैलछबीला नौजवान आ पहुंचा । सीधे घर आकर बोला कि वह तो परी का दूर के रिश्ते से भाई होता है ।

घर पर ही रहेगा । परी के मां-बाप से ही पता लेकर पहुंचा है । परी ने बड़े उछाह से भाई का स्वागत किया । देर तक मायके की, बचपन की दुनिया में विचरती रही मेहमान-भाई के साथ ।

बस, उसके कान एकदम बारहसिंगा के सींगों की नोकों जैसे खड़े हो गये ।

कमर में तलवार खोंस वह परी की निगरानी करने को उद्यत हुआ ।

उस दिन से वह परी का दरबान बन गया ।

नौजवान-भाई से कहा गया कि वह उसके घर में कदम नहीं रख सकता । अगर कोई काम भी हो तो उसकी ग़ैरहाजिरी में वह घर में नहीं घुसेगा ।

अक्सर रात को जब परी घुप नींद में सो रही होती, वह जागता । रात-रात उसका चेहरा पढ़ता रहता ।

परी नींद में मुस्कुराती । वह निहारता । फिर सहसा घबरा जाता। क्यों मुस्कुराती है परी नींद में ? क्या कोई और है जिसके बारे में वह सोचती है ?

क्या परी उसे प्यार करती है ?

वह परी को झिंझोड़कर जगाता और पूछता-"तुम प्यार करती हो मुझसे ?"

परी निंदियायी-सी मुस्कुरा देती और करवट बदल कर सो रहती ।

वह फिर जगाता उसे । वही सवाल ।

परी फिर मुस्कुरा कर पूछती-"तुमको क्या लगता है ? अपने आप से पूछो ?"

वह उसका चेहरा देखते हुए बुदबुदाता-"अपने-आप से ?... मैं कैसे जान सकता हूँ ? तुम बतलाओ... बतलाओ करती हो ?"

परी वैसी ही तुष्ट मुस्कान के साथ कह देती-"जब तक तुम अपने-आप से नहीं जान पाओगे... मेरे कहने से कुछ नहीं होगा ।"

उस रात वह सारी रात यही पहेली हल करता जागा रहा ।

अगली सुबह वह परी से बहुत नाराज़ था । भीतर कुछ भड़कता रहा था । कुछ ऐसा महसूस होता रहा कि किसी नाजुक फूल को वह

अपनी हथेली में भरकर मसल डाले या पिघले सोने जैसे किसी रूप को एक भद्दे आकार में गढ़ दे ।

कुछ ऐसा जो उसकी हथेली के बीचों-बीच हो, गिरफ्त में हो । वायवी या अमूर्त नहीं । जिसे वह उंगली से छूकर पहचान सके । जिससे किसी तरह भी, चाहे तो जबरदस्ती करके वह जवाब पा सके ।

वह सारे दिन अपने-आप में परेशान घूमता रहा । उसे हर वक्त तकलीफ़-सी होती रहती कि वह परी की असलियत जान क्यों नहीं पाता। परी उसे प्यार करती है या नहीं ? कैसे जान पायेगा वह ?

पूछा वही सवाल–"मुझे प्यार करती हो ?"

और परी का वही जवाब था–"अपने-आप से पूछो"

परी मायके जाने को हुई तो वह बोला कि वह उसे अपने साथ ही ले जायेगा क्योंकि मायके में क्या पता कोई पहरेदारी न कर पाये ।

वह मायके वालों के मिलने पर भी काशन लगा देता । फोन पर तीन मिनट से ज्यादा बात नहीं की जायेगी । त्योहार-तीज पर जब मिलने जाना होगा तो वही साथ ले जायेगा और वापिस लायेगा । परी मायके जाकर बिगड़ जाती है । बहुत चाय पीती है । चाय से उसके चेहरे की रंगत बिगड़ जायेगी आदि-आदि ।

अमानत तो उसी की है, उसी को बचाना है ।

परी यूं तो कहीं जाती ही नहीं । घर की देखभाल करती, सिलती, बुनती और पकवान बनाती । बाज़ार जाना होता तो वह साथ ले जाता। या कभी अपनी मां या बहन की निगरानी में भेजता ।

फिर परी की गोद भर जाती है ।

परी और भी बंध जाती है घर से ।

वह सवाल पूछता ही रहता है–"मुझसे प्यार करती हो ?"

परी का जवाब होता है–"अपने-आप से जानोगे, तभी जान पाओगे ।"

परी वैसी की वैसी चांदी से धुले चांद की तरह निखरी, चमचमाती। धानी-साड़ी के आंचल से ढके स्तनों से बच्चे को दूध पिलाती तो ऐसा लगता धरती की सारी हरियाली उसमें समा गयी हो !

बच्चे बड़े होने लगते हैं । परी उनसे ऐसे खेलती जैसे वह भी उन्हीं की तरह हो–खिलखिलाती, गोल-गोल चक्कर लेती, चक्करघिन्नी की तरह लुका-छिपी खेलती । कभी लोरी गाते-गाते उनके साथ सो जाती ।

वह आता और परी को अपने नन्हें फरिश्तों के साथ बेखबर सोता निहारता । उसे लगता परी अब भी नींद में मुस्कुरा रही है । फिर सोचता अब कौन है परी के सपनों में ? क्या उससे या इन फरिश्तों से आगे, अलग, कुछ हो सकता है परी के सपनों में !

वह उसे जगाता । पूछता–"मुझसे प्यार करती हो ?"

परी मुस्कुरा देती ।

वह फिर पूछता ।

परी वही जवाब देती–"अपने-आप से पूछो ।"

उसका मुंह सवाल के ही अंदाज में खुला रहता तो परी कहती–"अभी तक उसने तुमसे कुछ नहीं कहा ?"

वह सोचता-सा देखता रहता । परी मुस्कुरा देती ।

पर वह बसंत की कच्ची हरियाली की मुस्कान नहीं थी ।

अब परी की मुस्कान में ग्रीष्म की गीली, उमस भरी थकान थी ।

फिर अचानक उस पर पहाड़ टूटा । व्यवसाय ठप्प हो गया ।

वह देश-देशावर भटका । फिर काम के चक्कर ने उसे बहुत दूर देश में जा पटका ।

अब पहरेदारी का काम दुगुना हो गया । दिन भर एक खजाने की रखवाली करनी होती । उसे अपने घर के खजाने की रखवाली की फिक्र लगी रहती ।

अब वे फ़रिश्ते उसके दूत बन गये थे । उसकी दुगुनी, चौगुनी, अठगुनी आंखें ।

अब वे परी की निगरानी करते । वह उनसे पूरी-पूरी दिन की रिपोर्ट लेता । महल में कौन आया था, कौन गया किससे फोन पर बात हुई ?

परी को परदेस में बड़ा सूना लगता । न वैसा आंगन, न वैसी पहचानी अमराई । न ही बेला-चमेली की खुशबूदार कलियां । न वैसी शाम या शाम को साथ लाने वाले क्लब और दोस्तों की महक ।

वह उदास हो जाती । घर आता तो कहती–"मैं भी बाहर काम करूंगी । बच्चे स्कूल चले जाते हैं, तुम खजाने पर । मुझे ये दीवारें, कुर्सियां-मेजें, फानूस और रेशम के गुलदस्ते काटने को दौड़ते है । इंसान की सूरत नहीं दीखती, दम घुटता है ।"

उसे डर लगने लगा । यह क्या हो रहा है परी को । यह तो हाथ से निकलना चाहती है । परदेस में पता नहीं कैसे-कैसे लोग बसते हैं। कोई भगा ले गया तो क्या करेगा !

अब तो परी एकदम पूनम का चांद हो गयी है । पहले तो दूज-तीज का चांद ही थी । हर साल जब एक-एक कला जुड़ के संपूर्ण हुई है तो अपनी ऐसी बेशकीमती परी को वह भला कैसे जाने दे सकता है ?

"तुम बच्चों को स्कूल छोड़ आया करो । उतना बाहर जाने से ठीक होगा । चेहरे भी दीख जायेंगे । हवा का सेवन भी हो जायेगा ।"

परी स्कूल जाती, रास्ते में कुछ खरीदारी करने लगती । एक दिन एक ग्राहक परी के पीछे-पीछे उसका सामान उठाने में मदद करता उसके घर तक पहुंच गया तो उसने दूर से देख लिया । बस परी पर झड़पा–"यार बना लिये हैं तूने । कोई स्कूल नहीं छोड़ने जायेगी । बहाने से यारी लगाती है ।"

उस दिन उसने परी को पीटा, इतनी जोर से धक्का मारा कि परी पीठ के बल ऐसे गिरी कि उसकी रीढ़ की हड्डी अपनी जगह से खिसक गयी ।

परी बिस्तर पर पड़ गयी तो उसका मन कुछ दु:खा । पर उससे ज्यादा तसल्ली हुई कि अब वह कहीं बाहर नहीं जायेगी । न जाने की इच्छा जाहिर कर पायेगी ।

वह उसे खुद नहलाता-धुलाता । उसकी कमर की मालिश करता । उसकी टांगें दबाता । खजाने से भी बार-बार फोन करके पूछता रहता। फिर घर आकर उसके सिरहाने बैठ जाता । परी दर्द की शिकायत करती तो उसे दवा खिलाता । गरम सेंक देता । वैद्य के पास ले जाता । वह अब बैठ नहीं पाती थी इसलिए न तो सिनेमा जाती न पार्टियों में ।

परी अब धीरे-धीरे उस फूल की तरह मुरझाने लगी जिसे न कभी

ताजा हवा पानी मिलता है न धूप । उसका चांदनी-सा उजला रूप अब मटमैला पड़ने लगा । उसकी सुघड़-सुडौल कमलनाल-सी तन्वगी देह कुम्हलाने लगी । खाल का गुलाबीपन पीलक में बदलने लगा । गेसुओं का रेशमीपन सूखे पत्तों की तरह रूखा होने लगा । वह खूब मालिश करता उसके जिस्म की पर वह गुलाबीपन लौटता ही न था ।

वह रोज उसके लिए ताजे गुलाब मंगवाता । चहकते गुलाबों से परी के जिस्म को दुलराता, गुलाब के इत्र को परी के जिस्म पर रगड़ता पर परी गुलाबी होने को न आती ।

परी का कमजोर शरीर जलती मोमबत्ती की तरह घुलने लगा ।

उसने आयुर्वेद, होम्योपैथी, जंतर-मंतर- सब कुछ कर डाला । हारकर एलोपैथी के डॉक्टरों को बुलाया । पता नहीं कैसा रोग था । कोई इलाज नहीं हो सका ।

उसने नौकरी छोड़ दी और चौबीसों घंटे परी के दरबार में कुर्सी बिछाकर बैठा रहता ।

अपने हाथ से उसे साड़ी-जम्पर पहनाता । उसकी चोटी गूंथता । उनमें फूल लगाता । बिस्तर की चादर बदलता । परी का हर काम अपने हाथ से करता ।

परी का चेहरा बुझा-बुझा रहता । जिस्म के पोर-पोर में चीखता दर्द जुबान पर कभी न आता । परी चलना भी भूल रही थी । उसे कमरे में ही सहारा दे चलाता । एक फ़ीकी मुस्कान दे परी की आंखें दर्द से बंद हो जातीं । यूं ही पड़ी रहती सारा दिन । परी तो अब उठकर पानी भी नहीं पी सकती थी । वह खुद उसके लिये खाना बनाता, सूप पिलाता, फलों का रस पिलाता ।

परी की सारी ऊर्जा बहते नल के नीचे साबुन की टिकिया की तरह घिसती जा रही थी । न वह हाथ ही ऊंचा उठा पाती थी । बिस्तर पर उठकर बैठना भी मुहाल हो गया था ।

वह उसे चम्मच-चम्मच जूस पिलाता, पानी पिलाता, चाय पिलाता ।

फिर उसने चम्मच भर जूस पीने से भी ना कर दी । गले से नीचे कुछ उतरता ही न था ।

एक दिन यूं ही आँखें बंद किये चुपचाप हो गयी परी । वह परी के जिस्म को ताकता रहा घंटों ।

पर परी ने अपनी निगाह उसकी ओर वापिस न की ।

उसने घबराकर बुलाया डॉक्टर को ।

डॉक्टर ने कहा–"अब वह जागेगी नहीं । परी अब जीवित नहीं है । वह चली गयी ।"

वह माना नहीं–"परी जा कैसे सकती है ?" वह तो उसकी रखवाली से कतई चूका नहीं । पल भर भी उस पर से निगाह नहीं हटायी । फिर वह गयी कैसे ?

उसे विश्वास नहीं होता कि उसकी इतनी कड़ी निगरानी के बावजूद कोई आंख बचाकर उससे निकल सकता है !

वह अब भी दरवाजे पर कुर्सी बिछा उसी तरह उसकी रखवाली में लगा रहता है । कभी कुर्सी उसके बिस्तर के पास खिसका लेता है तो कभी ठीक दरवाजे के पास कि कोई अंदर आकर उसकी परी को उससे दूर न ले जाये । हर हफ्ते उसके बिस्तर पर साफ़-सुथरी सफेद चादरें बिछाता है । अपलक ताकता रहता है उसी बिस्तर को जैसे परी वैसे ही लेटी हो उस साफ़ धुली चादर पर... चुपचाप, निष्पाप ।

उसे अभी तक अपने सवाल का जवाब सुनायी देता रहता है–"अपने-आप से पूछो ? अपने-आप जान लोगे... तभी जान पाओगे... अपने-आप से पूछो... ।

❖❖